少年人文美文系列

青灯有味似儿时

童年回忆卷

徐 鲁 著

中原出版传媒集团
中原传媒股份公司
大象出版社
·郑州·

图书在版编目(CIP)数据

青灯有味似儿时 : 童年回忆卷 / 徐鲁著. — 郑州 : 大象出版社, 2023. 5

(少年人文美文系列)

ISBN 978-7-5711-1752-8

Ⅰ. ①青… Ⅱ. ①徐… Ⅲ. ①散文集-中国-当代 Ⅳ. ①I267

中国国家版本馆 CIP 数据核字(2023)第 071671 号

少年人文美文系列

青灯有味似儿时 童年回忆卷

QINGDENG YOUWEI SI ERSHI TONGNIAN HUIYI JUAN

徐 鲁 著

出 版 人 汪林中

策划编辑 张桂枝 孟建华

项目统筹 司 雯

责任编辑 丁子涵 司 雯

责任校对 张迎娟 马 宁

装帧设计 王莉娟

出版发行 大象出版社(郑州市郑东新区祥盛街 27 号 邮政编码 450016)
发行科 0371-63863551 总编室 0371-65597936

网 址 www. daxiang. cn

印 刷 河南瑞之光印刷股份有限公司

经 销 各地新华书店经销

开 本 890 mm×1240 mm 1/32

印 张 9. 25

字 数 154 千字

版 次 2023 年 5 月第 1 版 2023 年 5 月第 1 次印刷

定 价 32. 00 元

若发现印、装质量问题,影响阅读,请与承印厂联系调换。

印厂地址 武陟县产业集聚区东区(詹店镇)泰安路与昌平路交叉口

邮政编码 454950 电话 0371-63956290

目 录

Contents

青灯有味似儿时（代序）

——致少年的你

我时常怀念那已经远去的童年时光。诗人朗费罗说，在他的想象与记忆里，一直站立着这样一个孩子：“他从未受过教育，毕业于田野和市井小巷，但他将成为一位艺术大师，或成为一名海军，在思想的海洋里自由游弋。”童话大师林格伦甚至宣称，世界上只有一个孩子能够给她创作的灵感，那就是童年时代的她自己。“‘那个孩子’活在我的心灵中，一直活到今天。”她说，为了写出一篇好的作品，“必须回到你的童年里去，回想你童年时代是什么样子的。”

是的，当我们历尽了人世沧桑、熟谙了生命的种种艰辛与苦难之后，当我们叹息日薄西山、星辰消逝、夏日结束的时候，我们怎能不怀念那远去的童年时代？

没有谁会拒绝重新体验一次童年生活。没有谁不留恋那无忧无虑的黄金时光。也许，只有回忆起童年来，我们的心里才会充满最透明的诚挚和热爱，只有童年，才能使我们从一次又一次的失望里，得到重生，获得新的希望和梦想。

我们这一代从乡村走出来的人,童年的小路大都是弯曲、幽深，抑或是坎坷不平的，但小路两边的林木和山峦却是葱绿和亮丽的。回忆起风雨中的童年，心中难免有一些伤感，但那毕竟是人生中最朴素最纯真的岁月，竹马青梅，风筝秋千，父母堂前，外婆膝下。虽然也有清苦和酸涩，有贫寒人家无可奈何的忧伤与哀愁，但无论多么艰辛和多难的生活，都阻挡不了孩子心中那些希望与梦想之鸟的飞翔，即使是在最平凡、最寂寞的日子里，我们也都在寻找和期待着布谷鸟的歌声，呼唤和寻找着自己最美丽的春天。那留在童年的长夜里的美好记忆，现在回忆起来，就像点亮在冬日里的一盏盏小小的雪灯一样，闪烁着微光，散发着温暖。

冰心老人写过这样的诗句：“童年呵！是梦中的真，是真中的梦，是回忆时含泪的微笑。”光阴在流逝，水在流动，一代代人的童年也在不断地远去。曾经走过我们生命的一些不同寻常的人，虽然有过意外的相逢，并且立即就很喜欢他们，无奈，他们总有离我们而去的一天，去到另一个地方，甚至去到另一个世界，比如我们的长辈，比如一些不同寻常的人，他们就像雪人一样，总会融化的。怀旧是必然的。谁人不爱童年？谁能忘却自己的童年？就像黄昏时刻的树影拖得再长也离不开树根，人们走得再远也不会走出童年的那颗心。

青灯有味似儿时。有时候，所谓最好的时光，其实是指一种不再回返的“幸福感”，并非因为它美好无匹从而让我们眷念不休，而是倒过来，正因为它是永远的失落，我们于是只能用怀念来召唤它，它也因此才变得美好无匹。

我把这一册回忆童年生活的散文，献给已经远去的童年时代，献给我童年时代的小伙伴。献给你们——正在欢度童年的读者朋友。

徐鲁

童年之歌

爷爷和我

*

每次吃东西，我都会学着爷爷的样子，一只手拿着食物，另一只手放在下面，好接住掉下的渣子。

很小的时候，我跟着爷爷奶奶，在家乡的小山村里生活。

爷爷给生产队里喂养着四头黄牛和三头驴子。第二年春天，又添了一头小牛犊和一头小毛驴，爷爷叫它们小黄和小灰。“小石头，你要好好照看小黄和小灰哦，和它们一起长大。”爷爷对我说。

爷爷给它们铡草料，总是铡得细细碎碎的，就像奶奶切的葱花一样。爷爷说：“小石头，你要记着哦，寸草铡三刀，没料也长膘。等你长大了，也要这样给牲口铡草料。”

那是贫困的年月，各家的口粮都不够吃的。爷爷宁肯自己不吃，也要节省出一些玉米和豆子，把它们炒熟了，拌进牛和驴子的草料里。

有一次，小灰生病了，爷爷心疼得睡不着觉，把自己的被子盖在小灰身上，给它发汗。

半夜里我醒来了，提着马灯去找爷爷。

爷爷守护在牛棚里，轻轻抚摸着小灰，就像一位母亲，在守护着睡熟的孩子。

有了爷爷细心的照料，小灰坚强地挺了过来。在秋天的大洼地上，它又和小黄一起到处撒欢儿了。

每次出去放牧，爷爷总会背上一个大筐子，让我也背上一个小筐子，筐里还有一把小铲子。干什么呢？用来捡拾干牛粪。

“爷爷，好脏的啊！”第一次捡牛粪，我把鼻子和嘴巴捂得紧紧的。

“小石头，你想一想，牛吃的是干净的青草，还能产下白花花的牛奶，你还会觉得脏吗？”爷爷一边说着，一边把那些晒干的牛粪铲进筐子里。

“爷爷，那边还有好几坨呢，怎么不铲进筐子里？”

“哦，那是给那些野草留下的。你想啊，有了那些牛粪，明年小草们会长得更茂盛，等夏天一到，它们又会开花、结穗，小黄和小灰，就会跑来吃掉它们……”爷爷说。

太阳落山了，金色的星星在高高的山巅上闪亮，小村里，家家屋顶上都升起了淡蓝色的炊烟。

爷爷和我，赶着牛和驴子们一起回家。

我看见，奶奶站在村口的老柿子树下，正在等我们回家吃晚饭。奶奶的手里，拿着给爷爷和我要添加的衣裳。

爷爷把干透的牛粪整齐地堆在屋檐下。没有干透的牛粪，爷爷就戴上手套，把它们团成一个个圆饼，贴在石头墙壁上，好让太阳把它们晒干。

奶奶做的玉米面窝窝头好香哦！每次吃窝窝头，我都会学着爷爷、奶奶的样子，一只手拿着窝窝头，另一只手放在下面，好接住掉下的渣子。

爷爷说："每一粒米饭，哪怕一点点玉米渣子，都是大地母亲赐给我们的，我们可不能随意抛撒呢！"

爷爷吃煮熟的红薯，从来不舍得剥皮，总是连皮一起吃掉。我也照着爷爷的样子，连红薯皮一起吃掉。

爷爷总是惦记着小黄和小灰，怕它们吃不饱，他走进牛棚里，把自己不舍得多吃的窝窝头一块块掰开，喂给小黄和小灰吃。

冬天到来的时候，奶奶就用那些干牛粪烧火取暖。整个长长的冬天里，我们的小屋里和土炕上都是暖暖的。

奇怪的是，这时候我真的一点儿也不觉得牛粪脏了，在它们燃烧的火光和气息里，我好像还闻到了干草的清香。

正午的时候，阳光暖暖的。爷爷把牛和驴子牵到村口的山墙边晒太阳。小黄和小灰，温顺地依偎在自己妈妈身边，看上去是那么幸福和安静。光滑的皮毛，就像绸缎一样在阳光里闪亮。

爷爷总是闲不住，他搅拌了一桶白石灰水，在村口的每一堵山墙上，都画上了一些白色的大圆圈。有的墙上，原来画过的白圆圈被雨水冲洗掉了颜色，爷爷又把它们重新涂好。

“爷爷，为什么要画这么多白圆圈呀？”

“小石头，你猜猜看……哦，猜不出来？告诉你，这些白圆圈是用来吓唬灰狼的！”

原来，一进入冬天，山野里没有什么东西吃了，狼就会在黑夜里溜进村里找吃的，有时还会伤害到大人和小孩，还有牲畜和家禽。不过，狼生性多疑，只要它在黑夜里远远地看见这些白色的大圆圈，害怕会被大圆圈套住，就一步也不敢靠近村庄了。

“这样呢，小孩子就不用害怕灰狼会进村了，对不对？”

“对呀，爷爷，我们的小黄和小灰，所有的牲口，夜晚里也可以安生睡觉了。”

爷爷真是一个了不起的人，他的办法就是多！

我和小黄和小灰，都在慢慢地长大。春天来了，布谷鸟在远处的山谷间歌唱。我赶着小黄和小灰，把一小袋一小袋种子和肥料驮向田野。

这是爷爷的田野、父亲的田野，是我们家乡一代代人的田野。爷爷说，将来这也是我的田野。

我们用辛勤的汗水迎来了收获的季节。我赶着小黄和小灰，从山冈上驮回收获的玉米和花生。我的小脚印，和小黄、小灰的小小蹄印一起，留在家乡的每一条山道上。

有一次，小灰的小蹄子被山道上的石头碰破了，小小的带血的蹄印，就像一朵朵鲜红的石竹花，印在山道上，让人看了心疼。

我轻轻抚摸着小灰说："对不起啊，小灰，让你受苦了！"小灰宽厚地摇摇尾巴，好像一点儿都不在意。

又一个秋天远去了，小黄和小灰，在辛勤的劳作中变得更加健壮了。这天，爷爷亲手给它们的每只蹄子都钉上了崭新的蹄铁。

"要听话哦小家伙，别害怕，钉上了蹄铁，就像穿上了新鞋子，再也不会被石头割伤了！"

穿上了新鞋子的小黄和小灰，看上去是那么神气。两个小家伙这里闻一下，那里蹭一下，互相追赶着跑来跑去，小小的蹄子下发出"嗒嗒"的声音。

我一只手搂着小灰的脖子，一只手抚摸着小黄的头。

"谢谢你们，小灰，小黄，你们都是我最好的朋友！"

当我从光滑的牛背上滑下来的那一天，我也真正长大了。长大了，我离开了爷爷和奶奶，离开了家乡，也离开了我童年时代的朋友小黄和小灰，到远方寻找我的前程去了。

许多年过去了，辛劳一生的爷爷和奶奶都早已离开了人世。

这么多年了，我也再没有见到过小黄和小灰。它们也许已经变老了吧？

小黄和小灰，你们都在哪里呢？

小小的村庄变得我不认识了。但是爷爷画的那些白色圆圈，还留在一些残存的墙壁上。

小村里的一些人家还保留着一个习惯：在长长的冬天里，用干透的牛粪烧火取暖。

“这是你爷爷留下来的习惯，我们得传下去。”一位长辈对我说。

我知道，爷爷还留下一个习惯，早已变成了我的习惯。是的，你们猜对了：每次吃东西，我都会学着爷爷的样子，一只手拿着食物，另一只手放在下面，好接住掉下的渣渣。

因为我一直记着爷爷说过的话：每一粒米饭，哪怕一点点玉米渣渣，都是大地母亲赐给我们的，我们可不能随意抛撒。

冬夜说书人

*

他们是冬夜里的说书人，是给我的童年带来过温暖和梦想的人。

老一辈的说书人，都渐渐地老去了。新一代的说书人，还会有吗？即便是还有，又将说给谁听呢？

老一辈的听书人，也渐渐地老去了。新一代的听书人，又在哪里呢？我甚至觉得，像我这个年龄的人，也许是故乡最后一茬在冬夜里听过说书的，也喜欢听说书的乡村孩子了。

现在，连我们这一茬人也都快要老去了。

故乡啊，年年都在变化，变得我早已辨认不出她的模样了。就算我有无限的乡愁，又能在哪里安托它们呢！

我怀念，小时候在故乡山村漫长的冬夜里，那些走村串巷的说书人带给我们的温暖、欢乐和梦想，带给小山村和乡亲们的人情怡怡的祥和气氛。

那时候，一进入腊月的门儿，所有的农活儿都忙活完了，村里的大人和小孩就开始盼望着，说书人快要来了。

我还时常攀爬到村口的那棵老枣树上去瞭望。

“说书人来啦！说书人来啦！”

没过几天，果然就等来了盼望已久的说书人。小孩们会飞奔着把这个好消息瞬间传遍全村。

不一会儿，就看见从村外的小石桥那边，缓缓走来了一队奇怪的人儿：走在最前面的那个人，一只手用一根竹竿探着路面，另一只手里的竹竿，牵引着后面那个人，后面的人牵引着更后面的人，他们一个跟着一个，排成了一个小队……

没有错，一看他们背着的三弦琴、牛皮鼓，还有鼓板、鼓架和铺盖就知道了，他们正是我们盼望了很久的说书人。

排在队伍最后面的那个少年，是一个年龄最小的说书人，乡亲们都叫他“瞎子小光”，他是我童年时代的好朋友。这些说书人全都是盲人。没有谁知道他们是什么时候学会说书的，又是怎样互相认识，然后组合在一起，走村串巷给大家说书的。

一到冬天，人闲地歇，大雪封山的时候，说书人就会准时来到我们村里。说书人是最受乡亲们欢迎的人。

说书人一来，就在村头的一位孤身老人满大爷家住下了。满大爷的小屋里是那么温暖，因为炕洞里整个冬天都生着牛粪火。漫长的冬夜里，热热的土炕上，大人和小孩都喜欢挤在一起，听这些盲人说书。

鼓板一响，说书开始了。

鼓板声和笑声不断地飞出满大爷的小屋，整个小村都沉浸在快乐的气氛里。孩子们都咧着缺了门牙的嘴巴，开心大笑着。乡亲们一张张写满艰辛和沧桑的脸上，也难得露出了陶醉的笑容，有时候听到后半夜了还不忍离开。

小光的年龄和我一样大，也就十来岁吧。每次到来，他都穿得干干净净的，从崭新的夹袄里面露出了雪白的衣领，刚刚修剪的小分头，梳理得整整齐齐。

“小光，你什么也看不见，为什么要把自己打扮得这么干净、整齐呢？”中间休息的时候，我问小光。

小光一边整理着衣领，一边回答说：“我看不见，可是你们看得见，乡亲们都看得见呀！”

他整理衣领的时候，好像面前对着一面明亮的镜子一样。

后来我慢慢观察到，每一位说书人，都是穿戴得那么干净和整洁，每一颗扣子都扣得整整齐齐的，每个人的衣领都洗得干干净净的。

父亲告诉我说，他们虽然看不见任何东西，但是他们每一天都过得清清白白，他们是一些有尊严的人！

那时候我最喜欢小光和他的师父说《烈火金钢》里“大刀英雄史更新”那一段。说这段的时候，小光给他的师父拉着胡琴。

还有《说岳》里的“朱仙镇交战”那一段。说这段的时候，小光又坐下来打起了鼓板，还不时地参与一些角色的道白。

师父说：“啊呀呀，岳云哪，要当心背后，快使动银锤吧！”小光答：“呔！小将岳云来也！”师父接着说：“说时迟那时快，但只见岳云银锤摆动，严成方金锤使开，何元庆铁锤飞舞，狄雷双锤并举，一起一落，金光闪闪，寒气逼人！八锤大闹朱仙镇，顷刻间，杀得那金兵尸如山积，血若川流，不一会儿工夫，就看见金兀术落下马来，抱头鼠窜……”

这时候，只听见小光的鼓板打得又急又狠，再怎么想打瞌睡的小孩，也被提起了精神。

“小光，你教我学说书好不好？”

我打心眼里羡慕小光，我也很想做一个说书人。

“不行啊，你要上学念书的。”

“那你教我打几下鼓板好不好？”

小光笑着把我推到了那架小鼓面前。我一只手捏着鼓棒，一只手拿着鼓板，不由自主地闭上双眼，学着小光的样子，就像一个真正的小盲人那样煞有介事。这个时候，在我的心目中，好像失明也是一种“本事”。我听见了自己敲出的响亮的鼓板声……

“小光，我不想上学念书了，我每天走在前面，用竹竿给你们引路好不好？”

“你傻呀！能识字念书，能看得见花呀草呀，天上的星星，身边的人，多好啊！”小光对我的想法很是不屑。

说书人在我们村住了半个多月后，又开始收拾铺盖，要离开这里去邻村了。

“小光，你们什么时候再来呢？”

“明年冬天！只有冬天才是农闲的时候嘛！”

“那春天和秋天，你们在哪里呢？”

“春天和秋天，我和师父们也要各自回家干农活儿呢！”

“什么？你们什么也看不见，还会干农活儿？”

我惊奇地睁大了眼睛。那一瞬间，我觉得，小光和他的师父们，真的是一些了不起的人！

说书人靠着小小的竹竿牵引着，一个跟着一个，排成一个小队，背着他们的三弦琴、牛皮鼓和简单的铺盖，缓缓地走远了。

“小光，你记着，明年冬天一定再来哦！我们等着你！”我爬到村口的老枣树上大声喊道。大人和小孩，依依不舍地把他们送过了小石桥。

他们是冬夜里的说书人，是给我的童年带来过温暖和梦想的人。直到今天，我还记着父亲对我说过的话：他们虽然看不见任何东西，但是他们每一天都过得清清白白，他们是一些有尊严的人！

残疾的只是他们的眼睛，他们的心灵和生命却是完整和高贵的。他们精湛的手艺和敬业精神，也使我更加真切地理解了同样是一位盲人的海伦·凯勒说过的一段话："人们经常发现，那些生活在死亡阴影里的人，或者曾经在死亡的阴影里生活过的人，对他们所从事的每一项事业，无不感到甜蜜。然而，我们大多数人却把生命看得太平淡了。"

现在，说书这门手艺，在中国的大部分乡村里都已经失传了吧？我们这代人也早已长大，不再是小孩子了。我童年时的朋友"瞎子小光"，当然也早已长大了。

小光，你现在在哪里呢？

你还在冬夜的山村里给乡亲们说书吗？

见字如面

只要有亲人在外地的人家，谁不盼望有一封自己亲人的来信呢？

老家的村庄里，以前一直保持着一个非常好的传统：每年一到腊月，村小学里那位颇有文采、字也写得漂亮的老校长，就会代表全村人，起草一封语气亲切和温暖的春节慰问信，然后铁笔银画、工工整整地刻写在蜡纸上，再由我们这些小学生做帮手，用粉红色纸张油印出来，好在春节来临前，分头邮寄到本村在外地当兵的现役军人、在外地工作的退伍军人，以及在外地工作的“国家干部”手中。

这封慰问信不仅要寄往外地，还会由小学生们敲锣打鼓地送到村里每一户军属、烈属家里去。

我记得，每年的慰问信都用这样一句话开头：“某某某同志：见字如面……”所有的慰问信油印好了，也装进了信封，我们就等着那位绿衣送信人来村里取走。

那时候，我们这些小孩经常攀爬到村口的大树上，盼着、等着那位“绿衣叔叔”到来。

晴天里，他骑着自行车，沿着青青的麦田旁边的小路，按着清脆的铃铛，不一会儿就飞驰到了村口。下雨天，他穿着绿色风雨衣，用力推着自行车，踩着泥泞小路，一步一步走进村子。就是大雪封村的日子，他也会戴着厚厚的棉帽子，穿着高高的筒靴，踏着没膝深的积雪来到村里，雪地上是一串深深的脚印。

送信人一来，孩子们就像快活的小喜鹊，很快把消息传遍了全村。大人和小孩们都紧紧围拢到他那辆自行车边，看着他从车子后座的大邮包里，取出一封封远方的来信。

只要有亲人在外地的人家，谁不盼望有一封自己亲人的来信呢？有的老人接到了来信，就迫不及待地赶紧拆开，让送信人念给他听。

“你大声点儿念，大声点儿念，让大伙儿都高兴高兴！”

“敬爱的父母大人：见字如面。儿在外地，常常想念双亲……”

“绿衣叔叔”高声念着书信，这时候，一家的欢乐，立刻就变成了全村人的欢乐；一户人家在外地的亲人，也成了全村人在外地的亲人。

时间一长，村里头哪户人家有个儿子在哪里当兵，谁家里有个什么亲人住在哪个省份里，这位送信人心里都清清楚楚。

所以，谁家又有远方来信了，哪家来了汇款单，送信人一进村口，就会准确无误地直奔那条胡同、那户人家。就连我们这一茬小孩，他也能一一叫出每个人的名字来。

那些年里，乡亲们要给外地的亲人邮寄一点过年过节的东西，能够拿得出手的，也无非就是几双亲手纳的结实的鞋垫、亲手做的“千层底”的棉鞋，要不就是几斤新收的花生米、几斤刚刚晒干的红枣。花生米一定是精心挑拣出来的个头最大、最饱满的，用结实的白布袋装好缝好，然后等着送信人再来村里时，就托他带到邮电所里邮走。

那时候，我的叔叔在外地当兵，是一名海军战士，要经常乘着军舰出海远航。我最盼望的，也是叔叔从远方的来信。叔叔会在信里给我描述他们守卫的海岛的景色，还有远方的城市和海港的样子。有时，书信里还会夹着一两张相片。有一张相片是叔叔和他的几个战友站在军舰甲板上的留影，每个人都穿着蓝色横条纹海魂衫，看上去那么英俊、威武。在那个年代里，在我童年和少年时代的小村里，叔叔的每封家书和寄回家的相片，都引起过我深深的钦羡和向往！我从小也记住了他们那艘军舰的名字：“高邮号”。

“寄来的花生米收到了，一颗颗饱满的花生，让我闻到了家乡丰收的气息。儿在外面，为国家守卫万里海疆，这是无限光荣的职责，万望二老不要惦念。大侄儿明年该上初中了吧？望奋发图强，继续努力，不断进步……祝愿家乡来年风调雨顺，祝愿父母大人幸福安康！”

叔叔来信里的许多话，我都牢牢记在了心里。当然，每次收到叔叔来信，我们全家人也都很感激那位送信人，那位“绿衣叔叔”。

不知不觉，我们这一代人都长大了。那位绿衣送信人，也不再那么年轻了。

后来，村里有了电话，有了手机，远方来信也就越来越少了。那位送信人偶尔还会来村里送信。有几次，我回乡时还碰到过他，他还能准确地叫出我的名字。每次见到他，我都觉得更加亲切。但我也发现，他的额头有了皱纹，鬓角也有点儿灰白了。

又是很多年过去了。有一天，在省城里，路过一家邮局时，我突然看到里面有个熟悉的身影，正俯身在桌子上写着什么……

“绿衣叔叔！”我惊喜地叫着，奔了进去，“原来真的是您呀！怎么，您来省城邮局工作了吗？”

“哦，没有，没有。”他有点儿不好意思地笑了笑，说，“说出来，你可不要见笑呀！是这样，再过半个月，我就要退休了。你知道，我给人们送了几十年的信，可我自己，却从来也没有收到过一封信……”

看着桌子上的信纸、信封和邮票，我一下子明白了。原来，他是赶在退休前，特意来到远方，要给自己写一封信、发一封信！

“我估计，几天之后，我在家里就能收到这封信了！不瞒你说，我老早就想体验体验，收到一封远方来信的感觉……”他一边说，一边粘好信封，贴上邮票，然后投进了绿色邮箱。

“日子过得真快呀！转眼间你们都长大了，我也老啦，人们也不再需要送信人啦。”“绿衣叔叔”佝偻着背，朝我挥挥手说，“再见吧，小兄弟，我该去车站坐火车回家了。”走出了几步，他又转过身，笑笑说：“别忘了，要常回老家看看哟！”

那天，站在邮局门口，望着这位送信人远去的背影，我突然有了一个主意：我要邀请分散在各地的、我们那一茬已经长大的伙伴，每个人都写上一封书信，从不同的远方，寄给我们童年时代的这位“绿衣叔叔”。

我相信，不仅我自己，还有别的伙伴，一定会在书信开头这样写道：“亲爱的绿衣叔叔：见字如面……”

童年之歌

童年的时光，就像小时候堆起的雪人，一觉醒来，就化得无踪无影了。

那时候我还很小很小，爸爸妈妈都叫我“小石头”。

光滑的牛背是我的摇篮，辽阔的田野是我童年的家。

一只小小的草哨，吹出了我心中的歌。小牛犊、小山羊，乡间的燕子、布谷鸟、蛔蛔、小甲虫，还有村边的小树、田野上的风雨，伴着我长大。

妈妈的呼唤，总是和淡蓝色的炊烟一起，飘在金色的晚霞里。

妈妈常常这样叹气：“该让小石头进小学校念书了！再这样下去，真的要变成一个野孩子了！”爸爸却抽着烟斗，慢悠悠地说：“不急，不急，他还小嘛！何况小牛犊、小山羊和小鸟又不会教他干坏事儿！”

我在屋后的院子里撒过胡萝卜的种子。我在蟋蟀唱歌的土墙边种过豌豆和向日葵花。也曾盼望过小麦能从雪地里长出来……

啊，那时候我曾经有过许多这样的小秘密。我用一颗小小的心守护着它们，像厚厚的雪守护着小草的梦，像高高的树守护着小鸟的家……

不，再高大的树也守护不了小鸟的家。因为哪里有鸟巢，哪里就会有我和小伙伴们的身影。一个春天里，我们差不多会爬遍村里所有的树，探望过所有大树上的小鸟的家。

就是在梦中，一只只小鸟也像小精灵一样，躲藏在密密的树叶里，夜夜呼唤着我的名字："小石头！小石头！……"

田野上的老鹰，常常飞进我家的院子。那是因为它看到了我家刚刚孵出的小鸡娃。可是，只要有我在，再狡猾的老鹰也休想偷袭成功。不过，每次看到老鹰展开的巨大的翅膀，我觉得自己也好想像老鹰那样，能高高地飞翔。

爸爸说过，大雁宿营在傍晚的苇林，白鹭起飞在清晨的河汊。而老鹰的翅膀带去了我的梦，我的梦想很小又很大！

多少个童年的日子里，我和小伙伴们尽情地玩着滚铁环的游戏。

在小小的胡同里。在村头的大树下。在空旷的谷场上……

而我们的小村庄，就像一朵美丽的大葵花，开放在蓝色的小河旁……

月亮挂在树梢的时候，它和我们一起欢乐，一起进入安静的梦乡。当太阳爬上高高的山冈，它又和我们一块儿起床。

每一片花瓣上，都有一个小小的家。花瓣儿合拢了，就能挡住所有的风雨；花瓣儿张开时，又会接住温暖的阳光。是的，我们的小村庄，就像一朵永不凋谢的大葵花，开放在我们每个人的心上！

收获的季节到了。金色的田野上，飘着农人们的歌谣。

香喷喷的风，吹过村庄，吹转了安静的风车和高高的树梢。村外的老皂角树，路边的风信子，它们都知道，收获的季节到了。

那一天，走在收获后的田野上，我问妈妈：

“妈妈，我们的秋天，是不是像捉迷藏一样，躲进金色的草垛里去了？”

起风了……风是多么的凉！一片片金色的树叶在山谷飘荡。孩子们都牵着风筝回家了，只有小小的山杨树还站在村路旁。鸟儿们也从旷野飞回来了，鸟儿们将飞回村边的槐树林里，那里有它们温暖的家，在那些密密的树杈上。

冬天说来就来了。雪在黄昏的时候，轻轻地落啊，落啊……

落在高高的山顶上。落在静静的山毛榉和马尾松的叶子上。落在密密的灌木林中。落在深深的河谷里。落在空旷的田野上。落在护林爷爷小小的木屋顶上。落在河边停止了转动的风车上。落在牛栏的墙上和村边的草垛上。落在静静的谷场与村边的道路上……一个夜晚，洁白的雪就盖住了所有的山林和小村庄。

清晨一开门就会发现，天地都变成了一片白色。屋顶、草垛、道路和山野……都覆盖着厚厚的白雪。温暖的屋顶上，飘着淡蓝色的炊烟。小麻雀们也会惊奇地醒来，到处吵闹着，幻想着找到一块没有雪的乐园……

光秃秃的老橡树，在寂静的河边做着春天的梦。我和小伙伴在冰河上玩耍，忘记了冬天的寒冷……

村外的小路上，有一些小小的影子，拖着黑色的、深深的脚印，正在走向小学校里去。他们就像孤独的雪孩子，站在金色的草垛边；像小小的蒲公英，躺在温暖的雪被子下面，做着长长的冬天的梦；也像冬天里的一只只小鸟，在默默地等待春天……

童年的时光，就像小时候堆起的雪人，一觉醒来，就化得无踪无影了。当黄昏的星星从旷野上升起来，照亮了从旷野通往村庄的道路，这时候，我跳过一团团美丽而安静的积水，走回到自己的村子里去。

我又听见妈妈站在村口呼唤我了，唤我回家加衣裳……

远　方

*

小小少年，怀着一颗无所畏惧的心，踏上了自己新的生活的道路。

那时候，这个偏远的小山村还是热闹的，村里还有许多的少年。

曾经，他们一起站在家乡高高的山巅上，遥望着远方湛蓝的天空，天空下是一片蓝得耀眼的大海，大海上缓缓移动着银色的帆影……

曾经，他们沿着丛林和芦花飞舞的山路，在风雨里骄傲地奔跑，“哟嗬嗬……”地呼叫，一边奔跑呼叫，一边挥动着脱下的衣服。每个小小少年，都是那么勇往直前……

曾经，当弯弯的彩虹升起在山的那边，大海上有大团大团的白云在舒卷，他们会攀爬到结满松塔的松树上，眺望远方那永远也望不见尽头的群山……

可是，不知从什么时候起，村里的少年越来越少了。孩子们都不愿住在这样偏远的小村里了。他们就像在秋天里迁飞的椋鸟，纷纷跟着进城打工的父母亲远去了，去到了谁也不知道的城市和远方。

现在，只有小秋和另外几个孩子，还留在小小的山村里。

小秋是一个孤独的孩子，在他很小的时候，爸爸就离开了他，他和病弱的母亲生活在一起。他们住在小村的边上，离他的家不远处，有一个小小的火车站。

每一次，小秋背着柴火回来的时候，就会站在那里，默默地望上一会儿。火车鸣着汽笛驶来了，然后又鸣着汽笛远去了。

有时候，他会独自坐在晚霞映照的山坡上，看火车拉响汽笛向远方驶去，一颗少年的心，仿佛也跟着火车飞得很远很远。

小秋很爱他的母亲，小小年纪就担起了照顾母亲的重担。只是，他家的小屋总是黑咕隆咚的，低矮、暗淡，还有一些冷清。他从很小的时候起，就学会了干各种各样的农活儿。挑水、砍柴、犁地……他是一个那么勤快和懂事的少年！

他和母亲在自己的乡土上辛勤地劳作着，过着平平淡淡和艰辛的日子。他家的小屋附近也很少有人家。小小少年的脸上，总是带着几分淡淡的寂寞和忧伤。

他仅有的一点欢乐时光，就是当他看到火车从远方驶来，在小站上停留那几分钟的时刻。

这时候，不管他手头正在干着什么活儿，一听到汽笛的长鸣，他就停下手来，默默地望上一会儿。有时候，他也会飞快地向小车站跑去。他计算得是那样精确，几乎总是和火车同时到站。

黄昏的时候，每一节车厢里都亮起了温暖的灯光，车厢里拥挤着各种各样的人，看上去是那么的热闹。对这个孤独和寂寞的乡村少年来说，这是一个多么快乐、生动、活跃的世界啊！

他的呼吸有点儿急促，额头上冒出了晶亮的汗珠儿。他出神地观望着车厢里的一切，心中好像浮出了许多想象和渴望。

但只有短短的一会儿，火车又随着一声汽笛长鸣，隐没在了远方的夜色里。小村里又变得那么冷清了。

当然，还有远去的火车留给小秋的，一天又一天孤单的日子。

有一天，病弱的母亲再也挺不住了，母亲拉着小秋的手，咽下了最后一口气。小小少年，永别了自己亲爱的母亲。

在母亲坟旁的大树下，他默默地坐了一整天，直到黑夜来临了，星星升上了远处的山峰。

当然，这个少年并不知道，当他的母亲去世的时候，当他孤独地默坐在母亲的坟前的时候，有个与他青梅竹马的小姑娘，也远远地站在不远处的草垛边，站在不远处的小树后面，心疼地看着他，默默地替他难过，好像正在分担着他的忧愁。

他们曾经一起站在山巅上，一起在风雨中奔跑，一起攀爬在大松树上眺望远方……

几天后，当黄昏的星星又在闪耀，火车又鸣着汽笛，再次经过这里的时候，小小少年，背起一个小小的行囊，最后看了一眼自己的小村，还有母亲和他一起住过的小屋。

然后，他擦干眼泪，踏上了停在小站上的火车，毅然离开了自己的家乡，离开了这个冷清的小村。

去什么地方呢？天色这么晚了。

美丽的火车，孤独的火车啊，你将把这个孤独的少年带到什么地方去呢？在未知的远方，将会有什么样的生活和明天在等待着他呢？

是啊，在现代文明和快速发展的城市化进程中，一些山村和山村少年，正在经受着越来越明显的疏离感和孤独感。一代代山村小孩的童年，正在经历和承受这种日薄西山般的失落、冷清，乃至消逝。

当小秋下决心离开这个小村的时候，他并不知道，那个小姑娘，也在悄悄为他哭泣。

她默默地站在远处的山坡上为他送行，看着火车鸣着汽笛驶向了远方。泪水，打湿了她手中的蓝色手帕。

此刻，大树，正在一棵棵地向后面退去……

小小少年，怀着一颗无所畏惧的心，踏上了自己新的生活的道路。那是一颗向往远方、勇往直前的心。

他一定在梦想着，终于摆脱了眼前这种孤独、暗淡和冷清的生活。他一定在梦想着，自己也能像别的伙伴一样，有自己新的生活和明天。少年的心中，一定升起了自立自强和追寻远方的梦想的力量。

坐在安静的车窗边，望着渐渐模糊的家乡，小秋好像是第一次露出了一丝丝笑容。他好像正默默地对着世界和远方说：

“火车，火车，带着我去吧，不管你是往哪儿开……”

村小学

*

在梦里，小学校的钟声，好像在召唤我回到遥远的故乡，可是，我们的纯真年华哪里去了？

一栋小小的校舍前，有一块绿茵茵的小操场。春日的小操场上，洒满了阳光。一群乡村小孩，正紧紧地围坐在一位年轻的女教师身边。

老师正在聚精会神地弹着一架老风琴，那嗡嗡颤动的大和弦的旋律，好像从远处的山口涌来的一阵阵和煦的风声。孩子们正跟着女教师学唱一支古老的歌，那整齐的童声传得很远、很远——

“啊，春天来了，春天来了，它带着温暖，也含着微笑。……”

这时候，农人们正赶着一群牛羊缓缓地走向村外的山冈。他们听见了从小操场上传来的风琴声和合唱声，就都停下来聆听一会儿。羊群也停在那里，咩咩地叫着。轻柔的白云，缓缓地飘过小学校的上空……

这就是我记忆中的乡村小学校。

和那时候的许多乡村小学校一样，小小的教室是那么低矮、简陋。没有漂亮的课桌和座位，也没有带玻璃的门窗。不过，透过那小小的格子窗棂，依然可以看到外面晴朗的天空和一排排新栽的小杨树。夏日里，还可以听到外面树上鸣响着的蝉声……

再远处，就是在阳光下淙淙流淌的故乡的小河了。

清亮的河水里，流淌着我童年时代唱过的歌。

柔软、温暖的河滩上，埋着我童年时代做过的梦——

乘着纸船去航海的梦……

可是，曾经在很长很长的日子里，我不能像别的小伙伴一样，坐在那个小小的教室里念书、唱歌。爸爸妈妈一时拿不出供我上学的学费。

那时候妈妈常说："小石头，你要勤快一些哦！多出去捡一些煤核回来，好节省出一些柴火，等爸爸卖了柴火，就给你交学费……"

那时候的日子还很苦很苦。那是艰辛和贫穷的年月。

不过，那是令人失望的冬天，那又是充满希望的春天。

对于像我们这些乡村小孩来说，知识也许还并不那么重要。我最羡慕的是，进了小学校，就可以过上一种小小的集体生活了，就可以和小伙伴们一起念书、认字、拔河、赛跑，还可以一边听老师弹风琴，一边跟着琴声大声唱歌：

“啊，春天来了，春天来了，它带着温暖，也含着微笑。……”

那时候，住在我家隔壁的大牛哥哥，常常给我讲小学校里的事情，还教我唱他刚刚学会的新歌。

大牛哥哥是我们村小学校里最早戴上红领巾的人。每次他戴着红领巾到我家来，妈妈总是夸个不停。

可是不久，大牛哥哥就背起一个小小的行囊，离开了我们的小村庄，到远方去了。我记得，那一天，他紧紧握着我的小手，叮嘱我要好好劳动，等以后上学念书了，还要好好用功学习……

那时正是冬天。好大好大的西北风，吹着大牛哥哥单薄的衣裳，吹着他那孤单的身影……

一年之后，我终于也可以进入小学校念书了。上学前的那两个晚上，妈妈熬夜为我赶做了一个又结实又漂亮的花书包。那是妈妈用从街坊邻居家要来的各色花布边角拼做而成的。妈妈还特意给我做了一件带领子的白衬衫。

妈妈说：“我的小石头开始上学念书了，就不再是一个野孩子了，当然要穿得体体面面的啦，可不能光着脖子去上学的。”

那天清晨，鸡叫头遍我就醒了。爬起来看看纸窗，还黑黢黢的呢。躺下再睡，却怎么也睡不着了。爸爸疼爱地对妈妈说：“看把孩子折腾的！”妈妈说：“由他去吧，小石头以后一定是个争气的孩子！”

就在我刚刚开始上学的那个春天，有一天晚上，一场大雨，冲垮了我们小小的校舍……

天晴了，可是，我们的小学校不见了。

我们只好坐在地上，听老师讲课、齐声念书。

我们都没有放弃心中的希望和梦想。

燕子在不远处的田野上飞舞，布谷鸟在看不见的天边歌唱：

“布谷！布谷！布谷！……”

我知道，在我们一颗颗幼小的心里，在这充满希望的春天里，也播下了一颗颗金色的梦想的种子。

不久，我们的小学校重新矗立在小小的操场边了。小学校虽然还是那么小，可是，教室比以前宽敞了，课桌比以前漂亮了，而且还有了明亮的玻璃窗户……

坐在宽敞、明亮的教室里，我们跟着老师一遍遍地、大声朗读着新的课文。老师朗读一句，我们跟着齐声朗读一句：

大兴安岭，雪花还在飞舞。

长江两岸，柳枝已经发芽。

海南岛上，到处盛开着鲜花。

我们的祖国多么广大。

妈妈后来对我说过：第一次把自己的孩子送到学校的那一天，是妈妈一生所记忆的日子中，最难忘的日子。每一位做妈妈的，一定都会记着那一天的……

啊，我们的，我们的小学校还在吗？燕子和布谷鸟是否还在那山冈和田野上空飞舞、歌唱？在梦里，小学校的钟声，好像在召唤我回到遥远的故乡，可是，我们的纯真年华哪里去了？童年的梦丢失在什么地方？到哪里能寻找回我们逝去的童年时光，还有我们共同唱过的歌“啊，春天来了，春天来了，它带着温暖，也含着微笑……”？

时光老人的礼物

时光老人呀，请你瞧一瞧，你给我们的礼物是多么美好！

有一首朗诵诗，我在四十多年前的少年时代，多次和同学们一起朗诵过，至今还能背诵出全篇。但在很长时间里，我一直不知道这是哪位诗人写的，曾经问过老师，老师也不知道作者是谁。

你把东风带给树枝，
让小鸟快活地飞上蓝天；
你把青草带给原野，
让千万朵鲜花张开笑脸。

你把阳光带给山谷，
让积雪化成淙淙的泉水；
你把细雨带给田地，

让种子闻到泥土的香味……

你把春天带给我们，
这份礼物比什么都珍贵。
人说一寸光阴一寸金，
你比黄金要贵上千万倍！

世界上再没有谁，
比你更慷慨更公正；
你把一年的大好时光，
同样地给我们每人一份。
…… ……

这首诗不算太长，像那个年代的许多新诗一样，每四行一小节。我们通常是两位或四位同学一起，分角色来朗诵。全诗的收尾一节是：

时光老人呀，请你瞧一瞧，
你给我们的礼物是多么美好！
灿烂的春光一望无边，

祖国的山河到处都在等着我们！

现在当然已经知道了，这是老作家袁鹰先生创作于 1954 年的一首有名的少年朗诵诗《时光老人的礼物》。

这首诗歌里不仅表达了少年人对祖国壮美的河山、对正在建设中的新中国的高楼大厦和工厂、铁路、矿山的热爱与向往之情，也抒发了少年们对远大理想的憧憬，渴望学到更多的知识与本领，将来投身到祖国火热的建设行列里去的壮志豪情。此外，诗中也表达了对慷慨无私的时光老人的感念，勉励少年人要珍惜光阴、奋发努力。

这首诗是珍藏在我少年时代里的一段温暖的记忆，也为我的成长起到了润泽和励志的作用。

童年和少年时代里，生活虽然十分艰苦和贫困，但贫也不失其志。相反，我倒是牢牢地记住了高尔基在他的自传三部曲《童年》《在人间》和《我的大学》里面写的一些话："生活条件越是困难，我就觉得自己越发坚强。……人是在不断反抗周围环境中成长起来的。""就是这个社会不容我立脚的时候，我也要钢铁一般顽强地生存下去！"

我记得，在村小学念书时，学校里有个传统：大清早起来爬山、跑步。有时鸡刚叫头遍，天还黑黢黢的，村子外面的山道上，就响起噔噔的脚步声和响亮的哨子声，甚至还夹着一阵阵整齐的口号声，好像部队演操一般。老师带着自己的学生们一起爬山、长跑，天天如此。尤其是在数九寒冬里，即使不穿棉袄，不戴棉帽子，照样可以跑得大汗淋漓、热气腾腾的。

等到进了中学，我已经觉得，自己不仅身体正在迅速地发育、长高，而且内心里也隐隐升起了一些梦想和抱负，也许正是这些梦想和抱负，使我自觉地热爱起自己的身体和生命来了。那时候，我的课桌里面常常贴着自己用毛笔写的两句话："自信人生二百年，会当水击三千里。"据说这是毛泽东做学生时的格言。我也时常在作文里引用奥斯特洛夫斯基那段名言"人的一生应当这样度过……"来激励自己。我的周身涌动着的，是一个贫穷的乡村少年的殷殷热血。

在家乡的联合中学念书时，学校几乎每个季节都要进行一次"军事化"的长途拉练行军，一走就是上百里。水壶、干粮袋、红缨枪，还有鼓动队的喇叭筒，等等，都要带上，个个全副武装，沿途歌声、口号声、军号声不绝于耳。有时半夜里住校的同学就把拉练的命令传到了各个村庄，无论是细雨霏霏还是大雪纷纷，我们都会听从一个号令，从不给自己的班级丢脸，即使是脚板上打起了血泡也从不叫苦。只要集合号一响，多严峻的战斗，我们也不会退后！就像王蒙在《青春万岁》那首序诗里写的那样：

“是转眼过去的日子，也是充满遐想的日子，纷纷的心愿迷离，像春天的雨。我们有时间，有力量，有燃烧的信念，我们渴望生活，渴望在天上飞……”

是啊，谁不是从少年气盛、壮志凌云的日子里走过来的呢？那时候，我们这一代少年人，也大都非常熟悉马克思写在中学毕业作文中的一段誓语：

“如果我们选择了最能为人类的幸福而劳动的职业，那么，重担就不能把我们压倒，因为这是为大家而献身；那时我们所感到的就不是可怜的、有限的、自私的乐趣，我们的幸福将属于千百万人，我们的事业将默默地但是永恒发挥作用地存在下去，而面对我们的骨灰，高尚的人们将洒下热泪。”

是的，这就是那时候的我们。虽然单纯、幼稚、懵懂，年少气盛，但有的是理想和热忱，一个个都是十足的理想主义者和英雄主义者。我还记得，有许多次，仿佛要有意试一试自己的意志和胆量，我和几位要好的同学一道，在翻江倒海般的暴风雨中，沿着大青山古道骄傲地奔跑着。我们一边疯狂、漫无目的地奔跑，一边挥动着双臂，“哟嗬嗬……”地呼喊着，好像每一个人都和大自然的风雨雷电融成了一体，暴风雨中的一切声音，都化作了我们生命的声音。我的周身，既充满了力量也充满了胆量。

我们大声地呼喊着："让暴风雨来得更猛烈些吧！"

而当暴风雨停住，大地重又归于平静的时刻，我们就会像一群胜利者一样，一起站在高高的、天清气爽的山巅上，遥看远处大团大团飞涌的白云，还有那依稀可见的迷人的海光；聆听着一阵阵如同交响乐一般的林涛的奏鸣，心中似有万种神秘的激情在冲撞、荡漾。这时候，我们又会对着远处的山谷，对着辉煌的落日，高声地朗诵起我们所喜欢的诗篇，如高尔基的《海燕》，毛主席的《沁园春·长沙》《七律·长征》，还有那首《时光老人的礼物》。

有谁已经被时光老人逐出豆蔻年华很远很远了吗？那么，从这些诗歌中，也许可以找回往昔风华正茂的少年壮志，重新感受到那苦寒中的年轻的生命力的色泽与芳华。

康·帕乌斯托夫斯基在他的《金蔷薇》里说到过："对生活，对我们周围一切的诗意的理解，是童年时代给我们的最伟大的馈赠。"这份馈赠，也是时光老人送给每个人的最好的礼物。因为，"三百六十五天，谁也不多，谁也不少；就看我们呀——能不能把你安排得最好"。

大树下的钟声

每天早晨和傍晚，林校长都会准时敲响大树下的大钟。
伴着晨钟和晚钟，孩子们奔跑在上学和放学的小路上。

我们的小村旁，有一座弯弯的小石桥。清亮的小河在桥下流淌，河水上漂着一代代人的欢乐和梦想。

春天里，村外开满了桃花、梨花和杏花。河边的田埂上和小路旁，开满了金色的蒲公英，好像大地妈妈在微笑……

我们的小学校，就在小河对岸的山坡上。

校门口有棵开满槐花的老槐树，树上挂着一口大钟。

“当当当……”大钟敲响的声音，全村人都能听见。钟声告诉孩子们：上课啦，下课啦，集合啦，放学啦……

敲钟人是我们的林校长。30 年前，他从师范学校一毕业，就来到新建的村小学。他亲手挂起和敲响这口钟，用钟声召唤来了小学校的第一届学生。

孩子们扛着长板凳，踩着一条条田埂，跨过弯弯的小石桥……

坐在小小的教室里，平时像小麻雀一样叽叽喳喳的野孩子，一个个都变成了喜爱读书的“小书虫”。

每天早晨和傍晚，林校长都会准时敲响大树下的大钟。

伴着晨钟和晚钟，孩子们奔跑在上学和放学的小路上。

一起爬树。一起摔跤。一起上体育课。一起玩“老牛耕地”和“竖蜻蜓”的游戏……

金色的早晨，小操场上洒满耀眼的阳光。

我们围坐在林校长身边，听他拉着手风琴，教我们唱歌：“小鸟在前面带路，风啊吹向我们……”

琴声与合唱声，从小山坡上一直传到很远很远的远方。

农人们赶着牛羊，缓缓走向村外的田野。他们听见了从小学校传来的琴声与歌声，也会停下来听一会儿。

羊群停在那里咩咩叫着，好像也在跟着唱歌一样。绯红的朝霞，把小山村映照得通红。

夏天来了……

教室外面的小杨树上，响起一阵阵知了的歌声。知了们好像还在树上大声喊着我们：“快下课呀，出来玩呀……”

有时候，林校长还带着我们来到河边，认识各种昆虫和植物。

清亮的河水映照着我们的倒影，小河上也漂游着我们小小的纸船。每一只纸船上，都载着我们去远方的梦。

小河边的蒲公英，张开了一把把白色小伞。

“你们看，它们像不像一群小伞兵？”

“每一朵蒲公英，都是会飞的种子，是从大地妈妈的怀抱里起飞的，一个个张开翅膀的梦……”林校长告诉我们说。

我们坐在小桥下，把一朵朵蒲公英吹到高高的空中。

“我也想变成一朵会飞的蒲公英……”

“我也想啊！我们一起飞过小桥，飞过小河，飞过打谷场……”

“再飞过田野，飞过山坡……”

“一直飞到很远很远的地方去……”

蒲公英小小的翅膀上，带着快乐和温柔的风。

有时候，林校长也会变得非常严厉。当调皮的男孩私自下河游泳的时候；爬上村头的大树掏鸟窝的时候；不好好上学，撒谎逃课的时候……

林校长会黑着脸，把那些“调皮鬼”叫到黑板前罚站，挨个儿给“修理”一顿。

有一段时间，我的数学成绩落下了，拖了全班的后腿。好几次我暗暗下定决心，要在数学课上好好听讲，考出一次好成绩为林校长“争光”。可是，每一次还没等他走进课堂，我的心儿又跟着一本小说飞向了远方……

“一定要学好数学呀！将来肯定会派上用场。你这样偏科语文怎么能行呢？”林校长每节课都讲得那么语重心长。

补课啊，补课啊……一直补到星星跃上了村外的山冈。

补课啊，补课啊……粉笔灰一层层落满了林校长的衣裳。

可是一到期末考试，我考出来的成绩总让他失望。“看来，必须去你家家访了！”林校长叹着气摇摇头说。

当学生的，谁不害怕老师去家访呢？

黑黢黢的夜晚里，林校长打着手电筒在前面为我照亮，我惴惴不安地跟在后面，一边走一边想象着等校长走后，爸爸生气的样子。

奇怪的是，每次家访快要走到村口、看到了一星灯火的时候，林校长都会借故停下说：“哎呀，我忘了一件重要的事，今天不能去你家了，你自己赶快回去吧……”

谢天谢地，今天总算又逃过了一“劫”。我长长地舒了口气，回头一看，校长的身影已经消失在了夜色里，只有安静的玉米林，在淡淡的星光下发出“沙沙”的声响……

后来我才慢慢明白，林校长每次给我补完课后，并不是真的要来家访，只是因为天色晚了，他担心我会害怕，就特意把我送到村口。

秋风吹起的时候，洁白的芦花在风中飞舞。山冈上的野樱树、野柿子树和枫香树，都变成了金黄色和深红色。

每一棵树都像点燃的红蜡烛，大树是大蜡烛，小树是小蜡烛，照亮了一条条红色的河谷。山野好像在举办盛大的舞会，山冈在跳舞，丛林也在跳舞。

林校长带着我们，来到山冈上的松林里，捡拾干透的松塔。

站在高高的山巅上，攀在粗大的松树上，可以望见远处一片白得耀眼的海湾，望见那缓缓移动的银色的帆影……

“老师，海那边有些什么呢？”

“海那边又是高山，高山那边又是大海啊！”

“天空是从哪儿开始的呢？从那些屋脊，还是树顶上呢？”

“不，不是从屋脊，也不是从树顶，也许，是从你的眼界，从一颗装着知识和梦想的心，开始的呢！”

林校长指着远方，笑着告诉我们说。

冬天说来就来了……好大的西北风啊！

挂着大钟的老槐树，一夜间就掉光了所有的树叶。

下雪啦，下雪啦！雪花轻轻地落啊，落啊……雪落在远处的山野上，落在深深的河谷里，落在空旷的麦田里，落在小河边的磨坊和停止了转动的风车上，落在村边的打谷场和金色的草垛上，也落在老槐树和大钟上……

厚厚的雪，让小学校的操场也变得一片洁白。

这时候，林校长会用我们捡回来的松塔，给我们生起温暖的炉火。小教室的门窗，也用旧报纸糊得严严实实的。我们坐在暖和的教室里，大声地背诵林校长为我们挑选的美文。

我们背诵过《匆匆》：“燕子去了，有再来的时候；杨柳枯了，有再青的时候；桃花谢了，有再开的时候。但是，聪明的，你告诉我，我们的日子为什么一去不复返呢？……”

也背诵过《春》：“盼望着，盼望着，东风来了，春天的脚步近了。……”

也背诵过《从百草园到三味书屋》：“……不必说碧绿的菜畦，光滑的石井栏，高大的皂荚树，紫红的桑葚；也不必说鸣蝉在树叶里长吟，肥胖的黄蜂伏在菜花上，轻捷的叫天子（云雀）忽然从草间直窜向云霄里去了。单是周围的短短的泥墙根一带，就有无限趣味。油蛉在这里低唱，蟋蟀们在这里弹琴。翻开断砖来，有时会遇见蜈蚣；还有斑蝥……”

三十多年过去了。伴着大树下的钟声，小山村的一代代孩子都长大了，像蒲公英的“小伞兵”一样，各自飞向了远方……

洁白的雪花，也悄悄落满了林校长的鬓发……哦，那不是雪花，那是一年年、一层层，落在他鬓发上的粉笔灰吧？

一代代孩子还在诞生和成长。我们的小山村，也在一天天地向前迈进。年年春天，老槐树还在盛开着洁白的槐花。

“当当当……”每天早晨，鬓发斑白的林校长，依然还会准时敲响挂在树下的大钟，迎接着从小石桥上、从田埂上，奔跑过来的孩子们。

这一天，我回到小学母校，看望林校长。

“你看，学校四周的每一棵树，都是我和一茬茬学生亲手栽植的，现在，它们已经变成了青翠的小树林。”林校长抚摸着一棵小树说，“多么茁壮的小树呀！想想吧，再过几十年、一百年，也许这里会是一片更美丽的花园，那时，小山村的生活将是多么幸福和美好……”

爸爸的田野

田野上留下了爸爸辛劳的汗水和最美好的期盼。

小时候的很多事情，我已经记不太清楚了。不过，我却清晰地记得，每天清晨爸爸牵着小毛驴去往田野的情景。

小毛驴身上驮着两个大木桶，木桶里装着爸爸要去播撒的种子。

收工的时候，小毛驴还会驮回两大桶清凉的泉水。

那时候，每天每天，爸爸高大的身影和小毛驴小小的蹄印，都印在通向田野的那条弯弯曲曲的小路上。

爸爸常说：“小石头，你知道吗？早起的小鸟才有虫儿吃呢！”我牢牢地记住了爸爸的话，每天也早早起来，帮妈妈喂鸡、搬柴草、打扫院子。

有时候，爸爸会带我到田野里去。

我知道，这是爸爸的田野。

田野上留下了爸爸辛劳的汗水和最美好的期盼。

庄稼成熟的时候，成群成群的白嘴鸦和禾花雀，会从远处飞过来。它们也知道，收获的季节快要到了。

金色的田野上，站着一些小小的稻草人。

这是爸爸亲手扎起的稻草人。它们在守护着爸爸用汗水浇灌出来的金色的谷子……

太阳快要落山了，小稻草人们还忠实地站在田野上，好像在互相叮嘱说：“再守守吧，快要到收获的时候了，白嘴鸦们说不定还会趁着黑夜来偷食呢！”

那时候，从村小学里常常传来这样的歌声：“我们的田野，美丽的田野，碧绿的河水，流过无边的稻田，无边的稻田，好像起伏的海面……”

我也常常趁着拾草和剜野菜的时候，去看爸爸和村里的大人们在稻田里插秧。这是暖暖的、亮亮的四月的水田。鹁鸪鸟和燕子都从远方飞回来了……

到了秋天，美丽的田野，会给辛劳的爸爸带来丰收的喜报。

爸爸的口袋里，还会给我带回甜甜的金樱子和熟透的野山枣。

妈妈会在秋天的屋檐下，挂上一串串金色的玉米，还有像火焰一样红的一串串辣椒……

我知道，正是有了这片田野，有了爸爸妈妈辛勤的劳动，才有了我们一家人清苦而又富足的生活。

田野上还生长着许多青青的野菜。有苦苦菜、灰灰菜、荠菜，有马齿苋、枸杞头和马兰花，还有一到秋天就张开白色小伞的蒲公英花。

我知道，什么季节里它们会在什么地方生长。

我们这一代从小生活在乡下的孩子，都是吃着四季的野菜长大的。清苦的野菜，喂养了我们的童年，也永远生长在我们小时候的记忆里。

我记住了爸爸说过的话："放心吧，我的小石头！有了土地和水的恩赐，再加上我们勤劳的双手，我们就会幸福的！"

到了农闲的时候，爸爸会坐在门前的竹椅上，给我做弹弓、编篮子，也给我做风车。美丽的风车转啊，转啊……

这是爸爸做的风车！这是爸爸做的，全村里最好看、最结实的风车。

后来我才懂得，爸爸为我做的，不仅仅是一个美丽的风车。爸爸为我编织的，也不仅仅是一只小小的草篮。不，他是在编织着，一个勤劳又善良的庄稼人对于自己的乡土和村庄的深深的爱，对于自己的孩子深深的爱和最美好的希望……

黄昏的星星，从大山的那边升起来了。

一颗颗蓝色的星星，照亮了从村庄通向山外的小路。

晚星升起的时候，小鸟们都飞回了小树林。

这时候，爸爸也会坐在门前，打开他的“故事篓子”，给我讲那些古老的、他小时候就听过的故事……

这时候，白额雁宿营在安静的芦苇林里，小野鸭停泊在浅浅的河汊。只有小小的风信子，还在凉凉的晚风里，默默开着紫色的花……

爸爸的田野青了又黄，黄了又青……

冬天走了，春天来了。夏天走了，秋天来了。紧接着，长长的冬天又来了……

我记得，在那些漫长的冬天的夜晚，爸爸总是咬着长长的旱烟杆，和妈妈一起坐在温暖的土炕上，一边拉着家常，一边听着外面不停吹刮的呼呼的风声……

从什么时候起，在什么地方？我看见过一团奇异的白光……

我看到在大山之外，好像是在天边，有一团白光，就像成千上万颗星星聚集在那里，闪闪发亮……

有一天，我问爸爸：“爸爸，大山的那边是什么呢？”

爸爸告诉我说：“大山的那边是平地，平地的尽头又是高山。”

我问爸爸：“那么，天到哪里是尽头呢？”

爸爸说：“问得好啊，小石头！所以你要快快长大，长大了自己去弄个明白。可惜的是，爸爸这辈子是走不出这座大山了。不过，我家的小石头，一定会走出这座大山的……”

小河还在故乡静静地流淌。爸爸的田野，仍然是一年年青了又黄，黄了又青……

多年之后我才知道，我小时候看见过的那团白光，是一座比我们的村子更大的村庄，那是城市，是迷人的城市之光……

如今我已经来到城市里生活了。但是我还常常怀念起爸爸的田野和我小时候的村庄。我知道，我的故乡还有一代代正在成长着的孩子。我相信，他们的日子将会越来越美好。

因为，无论是我的爸爸这一代人，还是我们这一代人——不，我们多少代生命共同的奋斗，都是为着这样一个美好的愿望。

童谣和游戏

*

美在有意无意之间，这些童谣和故事让我终生难以忘记。

美丽的童谣留给人的记忆是长远和清晰的。多少年来，我的记忆里一直保存着这样一幅动人的情景：

夜深人静了，奶奶手里还在做着针线活儿，我就躺在被窝里瞪着小眼睛，听她给我唱着一首首好听的歌谣，讲着一个个古老的故事。

在那漫长的童年的风雪之夜，我幼小的心灵在谛听着：老槐树在院子里深沉地歌唱；风卷着雪花飞快地奔跑；就连墙头上的枯草也发出吱吱的音响。大风雪一会儿来推推我们的纸窗，一会儿又来撞撞我们的大门……

不知不觉地，我就迷迷糊糊地睡着了。可是，我一觉醒来时，看见白发苍苍的奶奶，依然坐在橘黄色的灯影里，默默地做着针线活儿……

后来我才明白，就是在这许许多多的夜晚里，奶奶、妈妈、姑姑，无意中对我进行着最初的“文学教育”。美在有意无意之间，这些童谣和故事让我终生难以忘记。

“拉大锯，扯大旗，割倒姥姥家的老槐。姥姥不给饭，够个鸦鹊蛋，烧也烧不熟，煮也煮不烂，急得小孩一头汗。”

这是生长在胶东的人们都熟悉的一首童谣。记得我是在外婆和奶奶的怀抱里学会的，如今回忆起来，几多的疼爱，几多的情趣啊！

关于燕子的歌谣，我记得有这样一首：“燕子姐，燕子妹，给你一床小花被。冬天不要走，就在俺家睡。”

谁家的屋檐下住上了一窝小燕子，那是很让别的孩子们羡慕的。孩子们喜欢燕子，喜欢温暖的春天，不愿燕子离开。每当燕子们从南方回来时，“俺们的春天”就又来到青青的田野上了。

作家汪曾祺先生曾说，童谣是一个人最初接触的并影响到他们毕生的艺术气质的“纯诗”。我深有同感，因而也非常敬佩和感谢那些富有童心和母爱的诗人和作家。他们在写作自己的大作品之余，还能想到为孩子们写一点儿歌，实在是了不起的人。

我也非常期望今天那些年轻的爸爸、妈妈，都能够尽量多地为自己的孩子教几首美丽的童谣，使孩子们从短短的童谣中感到一份生活的情趣和人间的爱心，并以此影响到他们今后的个性和气质。

跳房子，也是乡间的孩子们最喜爱的一种游戏。在我的故乡，关于这种游戏的起源，至今还流传着这样一个动人的故事：

据说，当年刘海戏金蟾之后，金蟾不服气，便和刘海打赌，刘海使用法力在地上画了七个白色圆圈，只要金蟾一年内跳出这些圆圈，便让它重新回到水中去。刘海在圆圈中遍布陷阱，自以为金蟾跳不出去，便云游而去。当他云游归来，却见金蟾已满身伤痕，奄奄一息地躺在第七个圆圈之外。刘海深感金蟾的毅力，便在最后两个圆圈之间画出一条“仙河”，让可敬的金蟾重返水国。后人为了教育孩子们效法金蟾的毅力，便设计出了这种既可锻炼智力又能陶冶情趣的游戏。

所谓的“房子”，就是预先画在地上的一些白色圆圈。也有画成方格的。三五个好伙伴欢聚在一起，和以简洁的童谣跳起来，其乐无穷。

我记得，我的一个青梅竹马的伙伴叫小萍，最会跳房子。是她教会了我跳，还能跳出不同的花样来。但是不久，她就含泪离开我们，跟着她的家人远走他乡了。这是那个贫穷的年月里常常发生的事——就在她离开故乡不久，生活也让我过早地离开了家园和伙伴，过早地告别了跳房子的童年，匆匆地独自踏上艰难漫长的人生旅途了。

我不知道如今小萍在哪儿。算起来她也是早已做了妈妈的人了。假如能够找到她，我想，她肯定还记得我们小时候一起跳房子的情景。

啊，小时候！……多么遥远的小时候啊！

我们还能够回到小时候吗？还能够再在某个冬日的下午或黄昏，远远地听见妈妈的呼唤，让妈妈把我们从老磨坊里，从小胡同的深处，从老槐树下，从一个就像鲁迅先生童年时代的那个长满了各种蒿草、布满断壁残垣的百草园般的废园里……找回我们，领我们回到温暖的家中去吗？

不，好像不能够了！可是童年的一切，却永远存留在我的最温馨的记忆里，使我有时想起它们来，禁不住会双眼湿润，心里头有着无限的温暖。

在我的记忆里，除了“跳房子”的游戏，还有一种叫“刚均宝”的游戏。

我至今还没有弄明白，“刚均宝”这三个字是什么意思。其实，这就是我们常见的“剪子、包袱、锤子”的游戏。二人背着手进行，面对面一齐说：“刚均宝！”左脚一跺，从背后伸出右手。手形有锤子、包袱、剪子。拳头是锤子；五指伸开手心端平是包袱；伸食指和中指是剪子。锤子能砸剪子，包袱能包锤子，剪子能铰包袱。以此来判断谁胜谁负或决定先后。

有一次，在我们文学院的开学座谈会上，两位老作家徐迟先生和碧野先生，也是当场用这种游戏方法，解决了两人发言谁先谁后的相互谦让之累，也可见两位老作家真是童心未泯。

常常，当我看着今天的孩子们一心埋头在课本作业中，或者陶醉在电子游戏和电动玩具之中的时候，我就想，如果他们能有机会、有兴趣来玩玩或者学学这些乡间孩子们的游戏，那该多好！至少可以让他们明白，他们的父母亲一代，在过去的贫穷而寂寞的年月里，曾经做过这样一些快乐的游戏，捎带着也可以明白这样一句诗：“贫穷而能听见风声也是好的。”

风雪中的小路

*

大风雪中的一条模糊的小路，牵引着我，气喘吁吁地回到了家门。

鲁迅先生曾经写到自己小时候常常出入于当铺和药店，从比自己高一倍的柜台外送上衣服或首饰去，在轻蔑里接了钱，再到一样高的柜台上，去给久病的父亲买药。这些艰难的日子，使童年时代的鲁迅过早地尝到了人生的滋味，感受到了人间的冷暖。由此，我也想到了自己小时候的一些经历，想到我为病中的妈妈抓药的那些日子……

我的妈妈是一位善良、勤劳的渔家女子。在我们村里，妈妈以自己的勤劳、善良、能干赢得了长辈们的夸赞和晚辈们的尊敬。对于村里的孤苦饥寒，妈妈宁肯自己家里人少吃一口、少用一点，也要尽力周济别人，热心帮助那些需要帮助的人。

可是一场大病，让妈妈突然倒下了。妈妈病重期间，我正是十二三岁的年龄，有两三年，几乎是每天一放了学，就要来回奔跑在从我们村到十几里远的杨戈庄的那条崎岖的山野小道上，去为妈妈求医抓药。天长日久，山道走熟了，再黑的夜晚，我也不害怕了，再远的路途，我也不觉得远了。

有时候，新的药方开来了，药要得紧，爸爸干了一天的农活，累得走不动了，我接过药方，无论多冷的天气，提上风灯就出了村。

杨戈庄上的杨大爷，人们都称他“杨善人”，他家里有个在当地极有名望的小药铺。那几年，我是那个小药铺里的常客。

到杨戈庄去，要经过一条又窄又险的山路。我记得，在一个风雪弥漫的夜晚，我揣着新的药方，抱着一只老母鸡，踩着没膝深的大雪，走着走着，只觉得四周白茫茫、明晃晃的一片，找不着路了。一不留意，我一脚踩进了深沟里。幸亏有厚厚的积雪托着我轻薄的身子。摸索着爬起来，拍拍满身的雪花，紧了紧靴子带，继续赶路。

荒野之上，前不见村，后不着店，真是欲哭无泪，欲喊无声。等到终于摸到了杨大爷家门口时，人家早已关门睡下了。

“杨大爷，杨大爷，开开门，是我呀！”这半夜的叫门声，惹得胡同里外的狗儿汪汪直叫。杨大爷开了门，见我满身雪花、满头大汗，一把把我拉进了屋里，心疼地说道：“孩子，都后半夜了，你是怎么走来的？可不要把小身子骨糟蹋了啊！”

“不要紧，大爷，我长得皮实。又有新药方了，不知您这里有这药不？”

杨大爷让我脱下靴子，偎在热炕上暖和着双脚，然后麻利地为我配好了药。听说他的药铺最高的一格抽屉里的药，都是祖传的，而且都很贵重。

我告诉杨大爷说：“大爷，家里没有现钱了，这只老母鸡，就当药钱吧。每次都让您费心……”杨大爷说：“孩子，治病要紧，治病要紧。这老母鸡大爷可不能收，我先记上账就行了。”

“大爷，您也得过日子呢！”我放下老母鸡，拿起药包就准备往回赶路。

杨大爷拉着我说：“孩子，就在我这里宿一晚上吧，等天亮了再走。你看这冰天雪地的，再说，你还是个孩子哪！”

“不啦，大爷，家里人会担心的。”抱着药包往家里赶的路上，我在心里一遍遍地说：“老天爷啊，求求你啦，快让我妈妈的病早些好起来吧！求求啦！”

那时候，我的心里总是怀着这样的信念：也许吃了这一剂药，妈妈的病就会好起来的吧？是的，会好起来的！妈妈的病好了，我们往后的日子也就会好起来的。常常是一边走着一边想，不知不觉，十几里的夜路就走完了。远远地可以望见黑魆魆的村子了。那寂静得没有一点声息的村子，连一星灯火也看不见，只有野外的风雪在号叫着，呜呜地从这面山吹到那面山上去……

大风雪中的一条模糊的小路，牵引着我，气喘吁吁地回到了家门。全家人看见我抓回的新药，又像看到了新的希望。爸爸会连夜小心翼翼地把药煎上。

这时候，我才觉得自己疲乏得连衣裳都没有力气脱了。可是，刚歪到炕上打了个盹儿，邻家的鸡已经开始鸣叫了。我知道，那等待着我的是另一条上学的小路……

旷野上的星星

*

我用感激的目光看着它，好像是在向它默示我心中想到的一切。

我不能确切地说出我是在什么地方，从什么时候开始，留心观察到这颗星星的。这颗巨大的星星，像一朵静默的蓝色的雏菊，若隐若现，开放在我神秘渺远的生命的苍穹。

是不是从童年时代就开始的呢？当夕阳落山了，小鸟们都从遥远的天边和旷野飞回了村边的槐树林，我也沿着旷野上的小路，悄悄地走回了村庄。当我偶一抬头，便看见一颗巨大而苍白的星星，静静地闪烁在黑黢黢的峰顶上，仿佛是夜的眼睛，在深情地注视着我和我们的旷野与村庄。

这正是一个晚秋时节，收获之后的田野一片宁静，冷冷的雾气在村路边的草垛上浮动。偶尔一阵风掠过稀疏的树梢，有警醒的夜鸟“哇”的一声飞走了。村路边的即将干枯的草叶上结满了白霜，淡淡的月辉把村边两棵无叶的老槐树的黑色枝影，画在矮矮的土墙边……

而当胡同的深处，传来妈妈叫唤我小名儿的声音的时候，我一抬头，突然看见，那颗星星也跟随我一起，从野外走进了村子。

后来，我独自离开妈妈和故乡，去遥远和陌生的城市里寻找自己的前程。

在一个寒冷的冬日的早晨，当我回过头，最后地望一眼我的沉睡的村庄，我看见，那颗星星也在村庄的上空闪耀着，仿佛在为我送行。

我用感激的目光看着它，好像是在向它默示我心中想到的一切。这一瞬间，我又真切地感到了一种决心奋斗到底的信念和力量，也感到了一种慈母般的温情。

许多年后，当我仍然背着那小小的生命的行囊在广阔的人世间漫游，当我一个人走在异乡空寂的夜路上，或者疲惫地倚在那些陌生的村子之外的麦垛边，仰望着深邃的夜空，分辨着我的故乡的方向……这时候，我又发现了，那颗星原来一直在和我同行，并且一直在用兄弟般的情谊伴随着我，用妈妈一样温柔和祝福的目光安慰着我、鼓励着我……

我的心战栗着。我的眼里无声地噙满了感激和惭愧的泪水。

我想到：不会错的，这就是它了！我的最初和最终的，一颗照耀着我全部的命运和幸福的星星——一颗时刻召唤着我，勇敢地向着明天坚定地走去的星星。

赶集的记忆

我小时候就学会了赶集，纯粹是出于无奈，是为了全家人的生计而学会的。

我从很小的时候起，就学会了赶集。

本来，赶集是一件十分热闹的事。一些富裕人家里的孩子，到人声鼎沸的集市上逛一逛，看一些艺人的杂耍表演，买几只能发出响声的泥老虎玩一玩，或者买一些新上市的海味吃一吃，要不就到馆子里吃点好吃的东西……那当然是很有意思的。可是这些都与我无缘。我小时候就学会了赶集，纯粹是出于无奈，是为了全家人的生计而学会的。——就和鲁迅先生曾经写到的，他在童年时代经常出入充满白眼和蔑视的目光的当铺一样。

赶集需要起大早。公鸡还没有打鸣，天色还蒙蒙亮的时候，我就得揉着惺忪的睡眼爬起来，背上事先称好的一口袋麦子或苞米，趁着村里的大部分人都还没有醒，悄悄地像小贼一样溜出村子，踏着星光匆匆地赶上十几里地。到了集上，市面上还冷冷清清的，往往还只有少数几个赶早集的人在那儿游荡，像鬼魂似的。

这时候，我会赶紧寻找一个避风的墙角站定，摊开自己的粮食袋口，几乎是央求着那些籴粮的人，央求着那些明显地露着怜悯和轻蔑神色的面孔，让他们买下我的这一小口袋粮食。

因为要提防和躲避“市管会”那些戴红袖箍的人，所以也由不得你来讨价还价，能尽快顺顺当当地找到买主成交，就算是幸运的了。因为这总比把粮食再背回家去要好。卖了粮食，我把手里的几元钱攥得紧紧的，又得赶忙往家里赶，怕的是耽误了自己的上学时间呢！

回家的时候，天色仍然还蒙蒙亮呢！静静的村路带我回家，路边小草上的露水，会打湿我的裤脚。三星依然闪耀在头顶上，那些早起的人才刚刚走进打麦场……

许多年后，我读到了古老的《诗经》上有这样的描写：“绸缪束薪，三星在天。今夕何夕……绸缪束刍，三星在隅。今夕何夕……”意思是说：我把柴火捆得牢又牢，抬起头看见三星在天上闪耀。啊，今天晚上是个什么夜晚啊？……我刚刚捆紧了那些干草，抬起头看见三星正对着东南角。啊，今天晚上是个什么夜晚啊？……我觉得，这情景和我当年赶早集去卖口粮的情景多么相似。

卖了口粮换来的钱，我是舍不得花掉一角一分的，因为要留着给病中的妈妈抓药治病啊！

可是，这微小的一点希望，最终还是化成了无声无息的肥皂泡。我的孝心最终也没能挽救回妈妈的生命，妈妈过早地离开了人世。这是冷酷的命运在我童年的时候，给我上的最严厉的“人生哲学第一课”。

长大后，我写过一篇《故乡的小路》的散文。我还记得这样的语句：“我时常想起那条弯弯曲曲的故乡的小路。那是在清晨传送着牛铃与马达声，传送着遍山鹧鸪的啼声，也传送着枫树下孩子们琅琅的读书声的小路；那是在黄昏的时候飘摇着田野上的晚霞，飘摇着淡蓝色的炊烟，也飘摇着妈妈在村口的呼唤声和孩子们匆匆归家的脚步声的小路……我的心，常常因为思念那条小路而激动……”

现在想来，这样的描写实在是有点儿“美化”和过于抒情了。我知道，我留在那条村路上的，不是快乐的歌曲，也没有什么诗情，我是在走着我最早的一段沉重和艰辛的生活的小路。

我有时想，我的宝贵的童年时光——正是长身体、长知识的一段时光，是不是就是在这艰难地奔波往返的村路上消逝而去的呢？大道默默，小道切切。是的，我的童年，是被贫困和艰难的日子掠走的，是被人世间的风霜雨雪吞噬而去的。由此我懂得了一个道理：生活在人世底层和阴影里的人们，他们所尝到的人生滋味，往往并不是每个人都能体会到的。

我还想到了海伦·凯勒说过的一段话：“人们经常发现，那些生活在死亡阴影里的人，或者曾经在死亡的阴影里生活过的人，对他们所从事的每一项事业，无不感到甜蜜。然而，我们大多数人却把生活看得太平淡了。”

那么，在我赶集的回忆里，真的没有一点点乐趣能够找出来吗？倒也未必。我还记得，有一年夏天，在一次赶早集的时候，我的一口袋豌豆，意外地卖了一个好价钱，比我在路上预算过的价钱还要好。我在集市上转悠了半天，先是为我奶奶买了一根红漆拐杖，还为小妹挑了一个小泥老虎。最后，我在一个卖西瓜的摊子前站了下来。

我想，我还从来没有吃过西瓜呢！那么，今天就尝尝鲜吧。挑来挑去，我挑了一个最小的小西瓜，花了两毛钱。我跑到离市面不远的一条小河边，见四周无人，便匆匆地洗了洗那个小西瓜，迫不及待地吃了起来。可是，也全是因为那时候我们那里西瓜稀少，我长这么大了还是第一次吃西瓜呢，结果，我把小西瓜那厚厚的一层绿皮全啃光了，剩下了一团红瓤，却狠狠心扔掉了。

后来我才弄明白，原来，我是用平常吃香瓜的方法去吃那个西瓜了。西瓜的皮是不好吃的，好吃的是红色的瓜瓤，我却把红色的瓜瓤全部扔了。难怪我没觉得这西瓜有什么好吃！我为此懊悔了好几天，太不划算了。

从那时起，每当看见西瓜，我就会想起这件小事。这，也许还值得一乐。那么，一次次看着我起大早去赶集，又带着我匆匆赶回家的村路，你还记得我吗？你该不会因此而嘲笑一个贫穷的乡村孩子吧？

失去的草篮

提着它，我走过了许多春天和秋天，走过了我整个的童年……

我有过一只小小的美丽的草篮。那是爷爷亲手为我编织的，用他那温暖的粗大的双手，用故乡的柔软的柳条儿编织的。

那是一个静静的春夜，我坐在院子里，望着那遥远的金色的小月亮，寻找着我熟悉的星星。爷爷低低地说：“不要光看天上的星星，你该知道地上的事情了。”说着就用镰刀细细地削着柳条儿，默默地编起草篮来……

后来我才懂得，爷爷为我编织的，不仅是一只小小的草篮，更是一个勤劳善良的庄稼人对于自己乡土的深沉的爱，对于孩子们最纯朴的关怀与希望。

草篮编好了，爷爷说：“拿着吧，想装什么就装什么。”从此，那只小小的草篮，便成了我最好的伙伴。提着它，我走过了许多春天和秋天，走过了我整个的童年，认识了我的祖祖辈辈生生息息的广阔的乡土：我们的绿色的田野、山岗和我的家乡的每一条道路。小小的草篮，曾装过悄悄死去的小蜜蜂和我为它采来的新鲜的花瓣；装过榆钱儿和苦苦菜；装过妈妈留给我的唯一一个煮熟的土豆——那是贫穷的年月里最美味的东西！

我爱我的草篮。多少年后，当我怀着丰收的喜悦，再次走过故乡金秋的田野，或者在一个静谧的月夜，沿着故乡的小路向村庄里走着，在月光下幸福地跳过一团团美丽而又安静的积水……我才明白，我的那只草篮，它所装过的便是我生命最初的和最珍贵的爱、欢乐和温暖——那属于我的童年的全部的记忆，我贫穷而艰辛的故乡大地上那时候唯一力所能及的赠予。

如今，我已不再年轻了。岁月也使我失去了那只伴我一起经历过风吹雨淋和日晒的草篮。再也找不到了！那只草篮，连同那些岁月，连同我的勤劳而善良的爷爷——故乡的大青山，成了他最后的安息地……还有那些童年的伙伴——我们最初的欢乐和忧愁的见证人，你们都在哪里呢？

我深深地怀念那只草篮。同时，我也在想，将来，不远的将来，我也要做爷爷的。那时我也应该为后来的孩子们编织一些小小的草篮啊！我还相信，将来的孩子们的草篮里，将不只是装有蒲公英、小野菊和彩色的小石子，也不只是装有美丽的画片和积木。它应该装进更美更多的幻想和愿望——一些我们当年不曾有过的，那是只有未来的孩子们才拥有的东西啊！

为了这个愿望，我正努力工作着，像我的爷爷当年一样，用着自己全部的深情、智慧和力量。我仿佛听到了新一代的孩子们的脚步声，正从我的窗外匆匆奔过，提着他们各自金色的篮子，奔向了属于他们的丰沃的田野。

爷爷的小木屋

*

爷爷，今天看见窗外无声的落雪，我是这样深深地想念着你啊！

我常常想念我的爷爷。

我的爷爷一年四季都住在故乡大青山上的一栋小木屋里。他是一位护林老人，一辈子都没有离开过故乡的那片山林。

虽然他已经年老了，可是他仍然不愿下山，不愿意回到山下的村庄里居住。他说，他已经听惯了每夜每夜山林里呼呼的风声，听惯了山上的小鸟和小兽们在清晨里的嬉闹声，一旦下山居住，他在心里会十分惦念和想念它们的。

那么，今天，亲爱的爷爷，当窗外正在轻轻地落着雪花，又一个漫长的冬天来到了我们中间，我是多么地想念你啊！想念你背着一杆旧猎枪、提着那盏旧风灯四处巡山的样子；想念你那温暖的、挂满了各种晒干的野蘑菇和草药的小木屋；想念你那越来越苍老的、刻满了深深的皱纹的古铜色的脸膛；想念你在铺天盖地的大雪中一步步跋涉的样子；想念你在厚厚的雪地上留下的深深的脚印……

爷爷，现在我们都已经离开故乡，来到城市里居住了。可是，在我们离开你之后，我常常觉得那么孤独。公园里的落叶松上嫩芽吐出的时候，我好像也听见大青山的冰雪在融化。秋风起了，漫步在校园里的小路上，我会想象着，有谁能踩着遍地的落叶到山上去，为你送上过冬的衣裳？

爷爷，山坡下的那片小马尾松树，已经长大了吗？告诉我，在我们走了之后，你一年年还在种植马尾松吗？你还独自去那个空旷的河谷里，坐在那古老的三眼泉边吹箫吗？

啊，那悠扬的箫声，总是在我们的心头，缓缓荡漾起最深沉的乡思。如果是在檐雨滴落的晚上，你的箫声，又会缓缓地吹出遍地明朗的月光，照亮我们心中的思念……那支长长的、紫色的洞箫啊，多少年了，还是那么清晰地横在我的面前，长长的，就像你冬夜里衔在嘴里的长长的旱烟袋一样。你那长长的紫竹烟袋杆啊，从我们童年时代的黑夜里，一直燃烧到现在，多少故事，多少叹息和回忆，都在那暗夜里一闪一闪……

爷爷，离开你的时候，我们好像说过，我们还会回来的。爷爷，我是说过我要回来的。即使长大了，故乡认不出来了，我们也是要回去的。回去，献上我们对故乡的热爱的心；回去，献上我们对你的敬爱和思念。

爷爷，我会永远记得你的模样，记得北方的故乡的模样，记得故乡那些美丽的声音，就像田野里飘起的麦笛声一样。还有，在我十岁生日的那天，你为我编成的一只白色的柳条小篮子，它还在吗？它曾经装载了我小时候所有欢乐的记忆。离开家乡的时候，我没有告诉你，我把它留下了，留在你的小木屋里。爷爷，我是想让你突然见到它，就像意外地见到我一样。

哎，那像我小时候的心一样纯净的、空空的、留在家乡的小篮子啊，在今天，它不会只盛满时光的灰尘吧？

爷爷，今天看见窗外无声的落雪，我是这样深深地想念着你啊！

金色的池塘

*

金色的池塘，是我夏天里的乐园。

曾经有过多少快乐的夏天，都留在我童年的记忆里：躺在金色的叶堆上，我和小伙伴们一起数过银河两岸的星星；坐在高高的草垛上面，我听老祖母讲过那古老的银狐的故事；在井台边，在禾场上，在萤火虫飞舞的篱院里，我和小伙伴们骑着竹马，从他家跑到我家，从墙头上跑到大树下……

金色的池塘，是我夏天里的乐园。村边的老槐树，是一把永不收拢的绿伞。知了在树叶里唱着正午的安宁与快乐，我在树下轻轻地荡着童年的秋千。

也曾经盼望过，夏天一到，快放暑假，把暑假放到很远很远的地方去；也曾经期待过，夏天一到，就去海边，跟着一位老船长，去实现自己航海的梦；夏天一到，就举着美丽的营旗，穿上漂亮的营服，到青青的山谷间去野炊，去露宿，去点起篝火，唱歌、朗诵、手拉手地跳舞……

哎，多少个夏天在幻想中远去，不再回来。而所有美丽的梦想，还留在我的心底，像满天的星星，像飞舞的萤灯，像落在夏天池塘里的翠绿的雨花。

梦回童年的池塘边，我又看见了池塘边的绿树和倒影……

绿树掩映的池塘啊，你是我们难以忘怀的童年的广场。你是在哪一个夏天里诞生的呢？你是为了我们所有山村孩子的生长才诞生的吗？在妈妈的目光所能到达的地方，在小村庄的怀抱里，你是我们所有山村孩子自由与梦想的摇篮。

无论走到哪里，我都不能把你遗忘。而你，也总会像妈妈一样拥纳我们。也只有在你的怀抱里，我们才拥有属于自己的幸福和平安，拥有一个个欢乐的春天和夏天，拥有自己的纸船、柳叶船和白莲花一样的小月亮，拥有自己的歌声和梦想。小小的、温暖的池塘啊，你是我们永远的水上乐园！

你碧绿的荷伞为我们遮阴；你夏日的大雷雨洗刷着我们满身的汗水和泥土；你不多的莲蓬喂养着我们，让我们度过了童年时代里饥饿的日子。你轻轻地摇晃，你轻轻地颠簸，你像妈妈的胸怀一样，温暖和爱抚着我们常常受到伤害的身体和心灵。你清清的水波是一面镜子，照着我们每天的身影……

于是，像一支支荷箭一样，我们在你的怀抱里不知不觉地长大了。小小的金色的池塘啊，你让你怀抱里的每一个乡村孩子，都悄悄地长成了真正的男子汉。

但是今天，岁月使我远远地离开了你，就像远离了我的亲人们的身边。可是，当我在远方的城市里想家的时候，当我感到孤独和疲惫的时候，我首先想起的就是你啊！你是我们童年时代的自由的广场、梦想的乐园。

我怀念你轻轻荡漾的金色的水波，怀念你静静的天空和白云的倒影，怀念你四野飘来的故乡的泥土与植物的芬芳啊……

故乡的山泉

＊

你在故乡的大地上消失了，却永远地流淌在我的心头。

故乡的山泉已经消失了。连山泉流过的那条布满层层梯田的碾子沟，也被填平了。这次回到故乡，童年的伙伴告诉我说，村西碾子沟两边的土地，已经被开发商征走，不久就要变成一个高尔夫球场了。

我压抑着内心的疼痛，问道："将来，你们，不，我们的孩子，天天要在这里打高尔夫球吗？"

没有谁能够回答我。

"那道山泉，养育过咱们村里多少代人啊！那么清凉、那么甜的泉水，永远地消失了，再也看不到、喝不到了，你们就不心疼？就不觉得可惜吗？你们都忘记了小时候一起去碾子沟里干活儿，累了渴了就往山泉边跑的情景吗？"

我知道，老家的伙伴们，也都无力去保护童年时代的那道山泉。

诗云："未老莫还乡，还乡须断肠。"回到故乡，我看见，那永远消失了的，何止一道山泉。曾经环绕在我们村边的清清小溪，穿过小村的光滑的石板路，坐落在村西的古老的磨坊，还有村东山坡上的苹果园，矗立在那座古老的祠堂旁边的高大的老槐树……也都看不见了，再也找不到了！它们都到哪里去了啊？

盘桓在空寂的、被开发商们折腾得支离破碎、看不见一棵绿色的小树的村外，我的心里似有愁肠百结，痛楚难忍，口里也好像有吞了中药一样的苦味。

我依依回想着往日的村庄、童年记忆里的故乡……

哎，在那盛开着石竹花和雏菊的幽静的山谷间，或者，在那连接着远山、地平线和我们村子的乡土路边；在那微凉的、笼罩着乳汁似的白烟的春天的早晨，或者，在那金灿灿的、荡漾着我们丰收的欢笑声的秋日的傍晚……清清的故乡的山泉，曾经宛若一支支如歌的行板，带着母亲般的温和，潺潺流淌着，流淌在我们因耕种劳作而疲惫，而饥渴，又因收割和期待而幸福，而充实的日子里。

也曾经有过那种时候，叮咚的山泉，流淌在我们每个人都感到寂寞与寒冷的冬日的梦里，但它同样以母亲的温柔，安慰着我们，滋育着我们，供我们啜饮它仅有的清甜，直到我们的每一颗心、每一脉血管，都被它注入一种温暖的情感和永不动摇的信念——

好好爱它吧，孩子。这是我们自己的土地，这是我们世代的家园！不要忧愁，孩子，记住这道山泉水，是养育过我们祖先的水；记住这些山沟和梯田，是供养着我们生生不息的山沟和梯田。凭着我们每个人粗壮的手臂，凭着我们每个人对乡土的忠诚和热爱，幸福一定会在这块土地上生长，我们都会幸福的！

这是母亲般的泥土和泉水的恩赐！凭着不老的岁月和不竭的泉水，让我们都来相信吧：幸福、祥和、美满的日子，总会完整无缺地属于我们……

哎，故乡的山泉，你这清冽、甘美的慈母之乳啊！

而在从前，在我们小的时候，没有谁能够告诉我们你是从哪里流来，你又将流失在何方。也没有人知道你独自流淌了多少年，你为什么有着那么多流也流不尽的清冽与甘甜。

曾经有多少个贫穷的童年的日子，我们拾穗在田野，放羊在草坡，躲雨在茅棚……当我沿着秋日的小路走来，坐下歇息的时候，聆听着你叮咚的声音，我就常常对着旷远的碾子沟发呆和痴想——故乡的大山深处，该不会流得空空了吧？难道真的像祖父说的那样，在大山那边的白云深处，住着一位好心的水神仙？

哎，只因为喝着这甘甜的山泉水，我们一代代孩子，才如一棵棵小树一样，坚强地生长着。欢乐与幸运，也一次一次地来到我们的身边，来到我们共同的村庄和土地上……

今天回首，有多少沉重、深情的往事，使我依恋，又使我无限伤感。我在想，我的埋怨和愤怒又有什么意义呢？我自己，不是也早已远离了这个曾经养育过我的生命、洗涤过我的灵魂的村庄和这片乡土吗？我自己，难道不是也与这片曾经打湿过我的头发、扭伤过我的脚踝、暴晒过我的肌肤的故土越来越疏远了吗？

哎，那是从哪儿吹来的一团团烟雾啊，掳走了我们心中那幽幽的山谷？那唯一的黄土小路上哪儿去了？那些长满马兰花和车前草、牛蒡花的河岸呢？那流淌着我们的欢乐与忧愁的童年的流水呢？

还有你，还有你们——那些默默地养育了我又默默地把我送走的人，你们都在哪儿呢？在哪儿能重新听到你们深情地呼唤我的声音呢？那在正午的小河边，在暮色苍苍的村口，在清早结满白霜的井台上，在黄昏的灶火边，在黑夜的老磨坊边，你们温存地叫着我的小名儿的声音——那散发着苦艾的气息的声音啊……

哎，故乡的山泉，你这清冽、甘美的母亲的乳汁啊！你在故乡的大地上消失了，却永远地流淌在我的心头。

旷野上的茅草棚

*

啊，茅草棚，我同舟共济、生死相依的茅草棚！

茅草棚，朴素无华的茅草棚在哪里？

在哪朵锡纸般明亮的云彩之下？在哪片轰然而至的暴风雨之中？在哪条遥远而空旷的夜路上？在绵延起伏的地平线的哪一边？

茅草棚，默默无声的茅草棚！多少景象与往事都如云烟一般散淡远逝了，而你却毫不动摇地屹立在我的心灵深处，屹立在我记忆的旷野上最醒目的地方，仿佛我的一位曾经相濡以沫的患难兄弟，远远地总在向我招手；又像是我的一位慈祥的老哥哥，永远敞开着宽厚而温暖的胸怀……

你——我艰辛的童年时代里最忠诚的巢，有多少次，你在狂风暴雨之中迎接了我，拥抱了我，庇护了我这小小的生命啊！

我常常记起那贫穷年月里的一个晚秋。有一天，当我劳动归来，突然狂风大作，乌云压顶。轰轰烈烈的电光映照着天边巍峨的山影与丛林，而震撼山岳的雷鸣，正威慑着天地间的一切。我像一个突然间迷失了道路的小牧童，惊恐地奔跑在茫茫的起风的旷野上……

就在这时，我看见了你——一间在狂风中呼呼作响的茅草棚！那么小，却又那么坚定！——你是在狂风中呼唤着我吗？我惊喜地跑向你。我像一个噩梦中的孩子，流着泪紧紧地依偎在你的怀抱里，瑟缩在你的华盖之下。

我用我的肩膀紧紧地依靠着你，仿佛依靠着一个巨人。我全身战栗着，倾听着外面翻江倒海似的倾盆大雨。

四野茫茫，一片汪洋……

你成了我恐慌的生命的一座安全的孤岛！

不知道过了多久，暴风雨终于过去了。乌云的缝隙里奇迹般地透出一派绚丽的霞光，雨后的天地一片澄净，包括我的一颗少年的心，我的仿佛刚刚被洗礼过的灵魂。

我看见，在我的四周，秸叶上滴着透明的水珠，它们比任何时候都使我感到亲切和难忘。我们都像是胜利者一样，含笑站立在霞光喷射的旷野上……

啊，茅草棚，我同舟共济、生死相依的茅草棚！从那以后，我再也忘不了你了。我常常想，那是哪一位年老的农人默默地搭起来的茅草棚呢？他是怀着一种怎样的心思呢？——只要几捆秋后的高粱秸，或者几匝干枯的白荻和芦竹草就够了！在任何一片旷野上，在任何一条道路边，你都胜过世界上所有华美和高贵的旅馆与驿站。你温暖而朴素的门扉，是向任何一位过路人敞开的，一如那温暖和宽厚的农人的心。你用最简易的温情，温暖着和庇护着每一位走向你的旅人，无须半点回报与酬劳……而保护你、支撑你永不倒塌的，没有任何别的东西，唯有人们的感激与敬意！

茅草棚，暴风雨中的茅草棚啊！多少年来，我远离了旷野和乡村，而沉浮在世态炎凉的大城市里。我住过大大小小的旅店和宾馆，我的双脚也踩过形形色色的华贵的地毯与瓷砖。可我再也没有侧身于茅草棚的那种亲切的体验和动心的感觉。茅草棚，我在无数个冷暖长梦中怀念过你！

老托尔斯泰说，他自己就是一个温暖的大自然。而我却觉得，在真正的大自然的怀抱里，在辽阔的旷野上，我永远像一个居无定所的旅人和牧童。面对生活的风风雨雨，我永远是两手空空。我唯一感到自豪的是，在我的心中，还有一座简易的、朴素的茅草棚——无论多大的风雨，它都会为我遮挡出一小片晴朗的、温暖的天空。

我知道，我会永远怀着一颗感激的心，怀念着你。——哪怕是只凭自己天真的梦想和天然的痴情，我也应该尽力地护卫着你，让你默默地屹立在天地风雨之间。我知道，艰辛的人生，需要这样一些能够为普通的人们遮挡一下风雨的朴素的茅草棚，也需要这样一些温暖的感恩的心和感恩的襟怀。

骑在白墙上的童年

我想回去，重新骑在那墙头，去找回我丢失在那里的童年。

我常常想起故乡村口的白墙。

从我记事那天起，妈妈就告诉过我，那些堆在墙边的陈年草垛里，住着一些小小的银狐，在秋夜的月色下，它们的毛发闪着美丽的银光。偶尔有夜游的大鸟从墙边飞过，落净了叶子的老槐树枝影，就像人的影子一样在墙边摇摇晃晃……

每天早上，白墙上总是站着许多像站岗的哨兵一样的大公鸡，它们在骄傲地引吭高唱。到了清凉的夏夜，白墙上又会挂满一串串扁豆花和葫芦花，萤火虫打着星星一样的小灯笼，从村外的草丛和井台边飞过来，一闪一闪，亮晶晶的……

哦，我的童年的白墙，它们都远远地立在故乡那起伏的地平线上！

我想回去，重新骑在那墙头，去找回我丢失在那里的童年。

去看那些流星，怎样像过世的老祖母所讲的人的灵魂一样，无声地滑过天边。

去看那弯弯的月亮船，轻轻地在白莲花一样的云朵里穿行。

去看那一朵朵的晚霞，像被黄昏遗落在村外的山路上的孩子一样。

这时候，一群群小鸟，也会从天边归来，它们将飞到村边的槐树林里去，那里有它们最温暖的栖息的家。还有一颗巨大和耀眼的星星，会从村外墓地的那边升起来，有人打着火把在山路上行走……

哎，我想回去，重新骑在那墙头上遥望……

那些艰辛的农人，他们是什么时候走出了家门的？太阳落山的时候，他们也从不同的地方回来，像疲惫的牛儿一样返回村庄。无论是播种的季节，还是收获的季节，他们永远都是那么繁忙。而我每天每天都要俯在那白色的墙头遥望——

辛苦的妈妈，为什么总是最后一个人走下山冈？

晚风吹起了她的鬓发，和她破旧的衣裳……

小路已经黑黢黢的了，村外一片空旷，看不见一点灯火。为什么，我还听见了一些落叶般的沙沙的声响？

哎，我想回去，重新骑在那黄昏的墙头，等待妈妈从田野里回家！

我想，骑在那童年的墙头上，我还会看到我的许多童年时代的小伙伴，我想我还会见到一个美丽和善良的、邻家的小姑娘。我想她一定也早已做了妈妈了……那么她还会用那样羞涩的目光看着我吗？她还会像从前一样，轻轻地叫我哥哥吗？

我想回去，重新去爱那童年的白墙！

我的童年的白墙，是无比温暖的墙。我的童年的白墙上，有许许多多金子般的阳光。离开故乡好多年、好多年了，我多想再回去，重新抚摸和感受那温暖的一切。我想重新骑在那墙头上。我想我一定还会看见，许多小时候没有看到的景象。

我甚至只有一个小小的愿望，在我还没有老得不能走动的时候，让我回去，哪怕变成一棵小小的山杨树，我将深情地站在那白墙边，依偎着那些金色的草垛和老房屋，扬起我友好的手臂……

我将向每一个过路的人点头致意，不管认识和不认识的，也不论是老人还是小孩子。我知道，他们都是和我一起在这片土地上生长的人，我愿意让每一个从我故乡走过的人，都带去我的问候和祝福。

啊，我的遥远的故乡的白墙，我的骑在白墙上的童年，你们都在哪里呢？

农作物之歌

我调和出我心中最美丽的色彩歌唱你们、赞美你们。

我不能不歌唱我所熟悉的那些农作物，它们就像我亲爱的兄弟一样，年年在我熟知的乡土上顽强地生长。它们是我们年年的面包、酒、盐和四季的衣裳，它们是我们年年的富庶、欢笑、收获和最真实的希望。

哦，你们金灿灿的玉米田，我童年时的伊甸园，我少年和青年时代流过最多汗水又吮咂过最多甘甜的地方。

哦，你们饱满诚实的沙土之下的落花生，我最早的人生哲理的象征，我永难忘怀的收获的梦想。

哦，你们芬芳的大豆、豌豆和玉蜀黍，你们饱满的绿色年年装点着我艰辛的乡土，召唤着我们生生息息，鼓舞着我们每天的力量。收获的季节到了，你们也懂得快乐，赤诚的奉献是你们共同的信仰。

还有你们多淀粉的甘薯和马铃薯，你们层层的稻子、小麦和燕麦……

哦，我熟悉你们返青、拔节、扬花、抽穗、灌浆，直至成熟的日日夜夜，熟悉你们喂我以青粒，刺我以针芒，拥我抱我在收获之后的路边和谷场。七月的闪烁着幻想的夜呀，坐在高高的麦垛上，故乡的新月，第一次向我洒来温柔的光芒……

还有你们生长在半山腰的临冬的苦荞、垄边的蓖麻和刚正不阿、如火如剑的红高粱！你们都不能够从我的视线里消失的，不能够从我的乡土记忆和我的生命里消失的。不会的！我景仰你们，怀念你们，描绘你们，如同怀念一副副为我艰辛和美丽的乡土捧出的赤诚的心肠！

哎，我是这样地怀念和歌唱啊，我所熟悉的那些田野、河流、树林、池塘与村庄！还有四季里的那些农作物，祖祖辈辈、风风雨雨，我们一同在这片土地上生长。只有你们，能使我的父老乡亲们开怀大笑，能使一代代乡村的孩子健壮地成长。

我调和出我心中最美丽的色彩歌唱你们、赞美你们。我相信，离开了这样的土地，我不会有更好的命运，我的画笔上，蘸着来自这广袤大地上的全部汗水、热血、眼泪、雨露和阳光！

故乡的小河边

我知道，小河边的沙砾里，埋着我们祖先的梦；那不息的水声，是我们生命和希望的歌。

静静的小河边，洒满了乳汁般的阳光。牛儿们在一种充满温情的意境里，悠闲地甩着尾巴，尽情地享受着冬天最后的干草的芬芳，享受着从田野飘来的早春的讯息和湿润的泥土的气息。它们偶尔也仰起头来，哼几句畅快的田园牧歌。看得出来，它们也知道珍惜这温暖的阳光。几只有着纯黑色羽毛的鸟儿，站在牛儿们发亮的脊背上，张望着远方，好像是想弄清哪里是春天走来的方向。

故乡的小河，多少年来都在这样静静地流淌。仿佛是在很久很久以前，我们就在这条河边居住。石头垒起的房子就是我们的家，它为我们遮挡着风雨。后来，我们也曾经离开过这里，像一群群候鸟，在秋天离开了自己的营地。

可是今天，温暖的小河啊，我们又重新回到了你的身边。二月的河岸上，到处都是绽蕾的花朵。二月的河岸上，是无边无际的生命的颜色。我知道，小河边的沙砾里，埋着我们祖先的梦；那不息的水声，是我们生命和希望的歌。

静静的、温暖的小河啊，你是我们梦中的家园，我们的生命、幸福和欢乐，都是你赐予的，我们所有的爱和梦想，也只能在你温暖的怀抱里开花、结果……你是我们的父母之河，凭着我们像种子一样的真诚和深情，凭着我们勤劳的双手，我们要对你说：幸福会有的，欢乐会有的！我们还能够为你创造出新的生活。因为，我们的身上，流淌着祖先们的血液，跳动着祖先们的脉搏……

啊，在这个温暖的冬末，站在故乡静静的小河边，站在这空旷的、四周无人的田野上，我就像一朵被黄昏遗忘的云彩，陷入了深深的冥想。我感到，有一种感动和柔情就像春水一样，在我的心中荡漾。我好像也听见了，在不远处的小路上，春天赤足走来的脚步声响……

白月光菊

老朋友哪能遗忘，哪能不放在心上？

雨季已经过去。跳过一团团美丽而又安静的积水，穿过月光下的小城，我来看你。白月光菊依然盛开在你的窗外，宛如当年。而我，还是你心中那个诚实和羞涩的男孩吗？

还记得那些冬日的课间，我们在教室的走廊上一起玩“跳房子”吗？

还记得那些秋天的中午，在远离校园的小河对岸，我们一起玩“翻绳花”吗？

那时候，洁白的荻花轻轻地拂过我们的脸，野菊花从我们的脚下一直开到了天边……

记忆比铁轨还要长。平静的日子里，当寂寞和孤独使我渴望友谊的时候，当我偶尔翻开某一本发黄的纪念相册，看到了一张张熟悉的笑脸，我仿佛能够听见那些爽朗的声音，正在放了晚自习的小路上，大声地向我呼喊……

今夜，我们一起坐在这古旧的小窗边。时光的巨剪，剪去了你中学时代长长的发辫，但尚未改变你可爱的容颜。你还是那么美丽：细长的眉毛，柔和的眼神，秀美的鼻子，迷人的唇线，还有你纤纤的手指，常春藤一样柔软的手臂。还记得吗？那时候，调皮的男生背后都叫你“太平公主”……

在小窗下，我们用一颗已经不再年轻的心，重温和缅怀少年时代的那些往事，那些温情，那些梦想。你用手指撑开一组旧时的绳花图案，问我是否还记得下一个步骤该怎么做。我感到激动，仿佛往昔的时光重现，而又有点束手无策，伸出手却找不到从前熟练的感觉。你给我快乐，我却感到了伤感。我感到温暖，又觉得怅惘。一种诗情像秋水一样在心头荡漾。

匆匆的岁月啊，使多少旧时的伙伴离开了我们，远隔重洋，也许一生都不再相见。如今我该向哪里去寻找他们的身影，当我已经站在了人生的中年这个陌生的路口？

那么，过去的岁月所留给我的温柔又美丽的同桌，我心中的“冬妮娅”，引导我前行的星啊！等着吧，等到黄昏星在你的窗外闪亮，等到我们满头的青丝都结满白霜，那时候，我们是否还能够坐在一起，再玩一次“翻绳花”，再忆起往昔的那些好时光，再一起轻轻歌唱：

“老朋友哪能遗忘，哪能不放在心上？”

献给我的小学母校

你是我的怀想，我的牵挂，你也是我的欢乐，我的幸福和感念。

流水似的岁月，使我匆匆地离开了你，已经那么遥远！当我不再青春年少时，偶尔回头寻找你，就像在寻找迷失在风雪北方的，我的寂寞而又短暂的童年。

亲爱的小学母校，我是从你的山巅起飞的一片云彩、一只孤雁，我的翅膀和我的心灵，都因为你深情的瞩望而变得坚强，变得自信和勇敢。

那位慈祥的老校长，曾经发给我人生的第一册课本。那位年轻的女教师，教我学会了使用和热爱自己的母语——我们古老的祖国的美丽的文字和语言。那位亲手给我佩戴过红领巾的小姐姐，使我懂得了什么是诚实和善良，什么是友爱和温暖。在无数个大风雪的日子里，送我翻越山冈，目送我走进小小校园的妈妈，教我懂得了什么是无私的爱，什么是生活的忧愁和艰难……

亲爱的，亲爱的小学母校啊！是你送我走进了广阔的世界，去寻找自己金色的前程。怀着童年和少年时代的幻想与抱负，我走过了多少城市和村庄，走过了多少山谷、河流和平原！

今天，在江南，在江南岸的一个寒冷的雪夜里，望着窗外飞舞的雪花，我在灯下写着我对你深深的怀念！我知道，无论今后的岁月还会使我变得多么陌生和苍老，无论命运还会将我抛到天涯海角，只要我还能够回首往事，眼里还有泪水，心中还能涌起波澜，我总会深情地想起你来——就像一个浪迹天涯的孩子，永远记着妈妈的容颜。

我会感到，亲爱的小学母校，童年时代的老师们，时时刻刻都会站在我的背后，注视着我，期望着我，鼓励着我，让我的生命透出最明亮的光芒，透出我对生活和世界全部的温热、力量和信念！

亲爱的小学母校啊，我敬你、爱你！你是我的怀想，我的牵挂，你也是我的欢乐，我的幸福和感念。远隔重山，我只能献上这“一束”文字，献上一个三十年前的毕业生的愧疚的心、怀念的心，还有我全部的感恩和祝愿。

校园短笛

*

生命的树上摇动着无数绿叶般的日子。

晚会之花

和我的红领巾放在一起的，是一朵蓝色的小花。

静默的，那么鲜艳的花朵，常常让我想起过去的快乐。

那是一朵小小的绢花，一朵晚会之花。

一个彩色的小信封，把那朵小花和一句祝福的诗赠给了我。红色的纸条上，写着一个美丽的女孩子的名字。

那是我们初中时代的最后一个夜晚。星空下飘着我们深情祝福的歌。

晚会结束了，她去了远方。我也悄悄地珍藏起她留下的那朵蓝色小花，像珍藏起许多美好的事物一样。

从那时起，我们便毅然地踏进了新的人生阶段，用我们年轻的热情和力量，一个一个地去实现我们的理想。

后来，每当我遇到了烦恼和忧伤，或者是在一些小小的成功的快乐面前，我总会悄悄地找出那朵蓝色的晚会之花。

仿佛她就是那个微笑着的女孩。

既给我温暖的回忆，又给我新的力量和新的希望。

生命是一棵美丽的树

生命是一棵美丽的树。

生命的树上摇动着无数绿叶般的日子。

我们珍惜着生命，尤其要珍惜这生命的春天。因为，我们正是属于这烂漫的春天的。

我们正怀着这个美好的愿望在春天的道路上走着，和鲜花一起，和白云一起，和远山与河流一起……

我们是携着手一同往前走的。

而且，我们还悄悄地歌唱着童年与友谊，歌唱着校园和老师，歌唱着花与果实，也歌唱着我们的祖国和大地母亲。

我相信，会有那么一天，我们将真正地长大，像一棵棵最美丽的、最有生命力的树一样。

那时候，我们的树上的每一片叶子，都将因为我们的爱与追求，而变得绯红。

告别母校的时刻

雨，静静地落着……

落在静默的白杨树叶上；

落在足球场青青的草地上；

落在老校长门前新植的冬青树上；

落在我们天天走过的、从校园延伸出去的每一条小路上……

雨淋湿了我们美丽的头发、美丽的笑容。

雨淋湿了我们依恋的声音、依恋的歌。

但是不要怕啊，朋友们，这雨是翠绿的夏天的雨；这雨是送别的雨，润我们的心田，壮我们的行色……

雨将送来一片更加晴朗的天空。

雨将送来一片开满鲜花的原野。

相信吧，同学们，这雨是细细密密的充满温情的雨。

这雨将以闪闪的绿色招引着我们，在生活中，快乐地向前！

温暖的声音

每当我在生活的道路上遇到烦恼、感到消沉的时候，我就会听见许多神秘的声音，在看不见的地方，轻轻地呼唤着我。

那么遥远，又那么亲近和亲切……

好像是从放学的小路尽头传来的妈妈的声音；

好像是从雨夜里的小河对岸传来的老师的声音；

也好像是远去他乡的童年时的小伙伴们的声音……

一声声，又一声声，回响在我的耳边。

那么轻柔，那么熟悉和温暖。

最美丽的花环

我知道，我的日子并不属于我。

我知道，你的日子也并不属于你。

我把我所有的日子交给你，而你会交给另外的人。

我知道，我没有让我的日子像树叶一样任意凋落。

我知道，我正在用金色的丝线，把我的每一个日子一片一片地串起来。

我将串成一个最美丽的花环。

我知道，有一天你们会替我把它悄悄地献给亲爱的祖国。

黎明的声音

每天我都能听到黎明的声音。

那是鲜亮的露水与草叶渗透的声音，是从绿色的雾气里飘出的湿漉漉的声音。那是像小小的草芽儿一样微弱而娇嫩的却又满怀着生长的渴望，显示着巨大生机的声音。那是偶尔还夹带着一两声清脆的鸟鸣，像绿叶上的水珠一样纯净而朗润的声音。那又是浸染着一些不知名的小野花的馨香，不知不觉便浸润了人们的记忆与情感的声音……

每天清晨，我都听见那声音。

那声音，其实是一个刚刚开始学会朗读的小女孩，每天清晨在对面的小竹林边，用优美的普通话朗读的声音。

那声音，总让我觉得，这是我们正在生长着的理想与希望的声音。

那声音，又仿佛在一声声地提醒着我，好好地去保护她们的欢乐和幸福，不让她们受到任何伤害的美丽的责任。

这是一个小世界

我知道，孩子的世界，是一个“小世界”。

记忆啊，请在我的眼前描绘出
那迷人的地方，我曾以整个心灵
在那儿生活过。请绘出那林丛，
它培养过我的情感，我爱过，
在那儿，我的青年和童年交融，
在那儿，被自然和幻想爱抚着，
我体验到了诗情、欢笑和平静……

这是诗人普希金的诗歌《皇村》中的诗句。很早以前我就想过，有一天，我也要用自己深情的文字来写一册诗歌，献给我青春时代里的第一个驿站，那所也被我称为“皇村中学”的地方——我曾经以整个心灵在那儿生活过和热爱过的地方。那里有我对未来的梦想，有我的艰辛，我的欢笑、忧愁和眼泪，有我无数个不眠的想家的夜晚。那里留下了我的青春，我的青年时代的身高、体重和肺活量……

可是我一直没有写成。孩子们像秋后的大雁一样结伴飞走了，他们离开了母校，告别了美丽单纯的日子，踏上各自崭新的人生旅程。不久之后，岁月也使我匆匆地离开了那里。但往昔的欢笑还留在我心灵深处，那么柔和又那么清晰。

我曾经长久地抚摸着那些静默的白杨树、枫香树和小叶女贞树遐想过。我看到的是广阔的天空，是一朵朵自由的白云在远处涌动，又向更远的天边飘去。我也曾在一些静谧的黄昏，绕着这些青翠的小树悄悄漫步。我知道，我的心是被一种神秘的温情驱使着。我用温热的手掌，抚摸着这一片片永远不会相同的绿叶。我同时在用期待的心，祝愿阳光为它们照耀，春风为它们徐徐地吹拂。

我爱这每一片永不相同的绿叶！我还坚信，这些青翠的、充满了美丽和旺盛的生命力的小树，就像能够激励着我，鼓舞和招引着我在生活面前永远快乐地向前的那些坚强的信念——那些我看不见却又无时不在的理想的精灵，它们是我的生命和心灵中永远的力量的源泉……

这样想着的时候，我又一次对自己说：写吧，把它们写下来吧，让那些少年的烦恼和忧愁的日子成为过去，让美好的记忆，让温柔的感受永存下来!

我终于不再犹豫地拿起笔来。于是，熟悉的钟声、欢笑声、蝉声、歌声和朗读声，甚至“皇村中学”之外的鸟儿们的叫唤声……都渐渐逼近和清晰，美好的往昔重临我的心头。

当我为逝去的童年，为身边的孩子们写作的时候，我的耳边总是回响着一首名叫《小世界》的歌：“世界上只有一个月亮和一个金色的太阳。一个微笑对每个人都意味着友好。尽管山高海阔，这毕竟是一个小世界！”

我知道，孩子的世界，是一个“小世界”。正如哲学家德谟克里特声称人是一个小宇宙。然而，我也知道还可以举出一千条理由来说明，孩子的世界，分明又是一个大世界。

飞翔的蝉声

在故乡，我又听见那一声声蝉儿的歌唱了。这是呼唤我的良知的声音。

我又听见那一声声蝉儿的歌唱了。当我从外省归来，回到我的母校，站在四十多年前我和伙伴们亲手种植的梧桐树下，我的身边飘荡着的，是童年时代芬芳的气息和如雨的蝉声。而我已不再青春年少，不再是那个在雨后的中午，在阳光灿烂的早晨或静谧的黄昏，扛着长长的竹竿，听遍校园四周的每一棵树，去寻找那些蝉儿的快乐的孩子了。

我多么怀念那些伴随我度过了艰难寂寞的日子的蝉声，怀念那些同我一样小小的、会发音的生命，怀念那永不再来的雨季——我的相濡以沫和昔日的伙伴，我的童年时代的老校长和老师们。

今天，我坐在我小学时代的那个座位上。窗外飞翔着如雨的蝉声，一如当年，教室里却空空的。我的心在战栗着。我知道，我是被一种神秘的温情激动着。我的口袋里有一本法布尔的《昆虫记》。我在心中默念这段文字：

“四年黑暗中的苦工，一个月阳光下的享乐，这就是蝉儿的生活。我们不应当讨厌它那喧嚣的歌声，因为它掘土四年，现在才能够穿起漂亮的衣裳，长起可与飞鸟匹敌的翅膀，沐浴在温暖的阳光之中。什么样的钹声能响亮到足以歌颂它那得之不易的刹那欢愉呢？”

我想，这是良知在选择这一天，对我童年时的无情进行惩罚。又仿佛在提醒我，让我用今天这颗渐趋成熟的心，来重新认识这弱小而又坚强的生命。

我童年时结识的弱小的歌手啊，我在为你扼腕喟叹！是的，当一切艰难都战胜了，从大地到天空；一切的坎坷都度过了，四年黑暗中的掘土、跋涉，从幼稚到成熟；一切的不幸也经历了，从阳光下的暴晒到风雨中的沉浸……脱去久远的习惯的外壳，你是被解放了的自由精灵；在新晴的天空中，你是绿色之林中的王子。然而就在真正的自由与欢乐刚刚到来的时刻，你生命的歌，飞翔的翅膀，却突然被折断。我怎能不为你深深惋惜呢！尤其是，当岁月使我重新认识了你也理解了你的时候。

我知道，乖戾的岁月已经使我永远地失去了许多善良的友伴，他们像风一样随着雨季而消逝。但我仍然渴望着，心中沸腾起他们美丽而亲切的声音。我深信，经过岁月的沉淀与选择，他们都将是我生命中最美丽的一部分。他们都将给我欢乐，也给予我前进的勇气。听着他们在我生命深处的鼓动与召唤，在我人生起点上的凝视，我有时也会流下泪水。这时候，我仍然对这世界满怀眷恋与感激，同时也深深懂得了，任何一种自由的歌唱都来之不易。有时候，最平静的诗却是从最苦难的心灵里唱出来的。

而对于你——这坚韧的，度过了漫长的苦难与黑暗的，仿佛是从地狱里出发一路探索而来，终于见到朗朗天日却又匆匆离去的，我心灵中最初的歌手与友伴，我又怎能不在一种奇异而真实的重压下感到揪心的疼痛呢？

在故乡，我又听见那一声声蝉儿的歌唱了。这是呼唤我的良知的声音。我感到一种既陌生又熟悉的气息。而一阵阵更年轻更美丽的脚步从窗外奔跑而过，令我比任何时候更渴望年轻。短暂的雨季终会过去，而这如雨的蝉声，仿佛奏响我心灵深处的优美的韵律，将要穿透所有的世纪，与永恒的时间同在。

冬至的梦

新年来了

*

新的年岁会带给我们新的希望，也带给我们新的梦想。

雪轻轻地落啊，落啊……

落在村外高高的山坡上；落在深深的河谷里；落在空旷的田野上；落在小河边的水磨房和停止了转动的风车上；落在村边的谷场、草垛和电线杆上；落在静静的碾台上……不一会儿，洁白的雪，就盖住了村里所有的屋顶……

这时候，在我们的小村里，在一阵阵淡蓝色的炊烟里，家家都会炒着香喷喷的冬米糖。糯糯的、甜甜的冬米糖，一夜间就会甜透整个冬天里农家的梦。

爸爸说，这是今年里的最后一场雪，因为新年快要到了……

大雪停了，天空中飘散出新年将要到来的气息。

这时候，妈妈总会带着我和小姐姐到县城里去打年货。来来往往的大客车上，坐满了去城里打年货的人，还有从外地赶回老家过年的人。

是呀，谁不愿意过新年呢？就是那些远在千里之外的人，一到这时候，都会赶回老家和亲人们团聚的。

家终归是家，哪怕它是贫穷的。也许可以没有流油的烤鹅和喷香的苹果，可它毕竟会有一团暖暖的灶火，会有一个充满了一家人的真情的小小饭桌。

当然，还有妈妈亲手做的新衣裳，亲手做的八宝汤圆和红枣米饭……

还有爸爸挂起的大红灯笼。

还有爸爸每年都会裁好大红纸，请村里的那位老先生书写的大红春联。

还有小姐姐早早就剪好的，一幅幅鲜艳的红窗花。

小姐姐剪的窗花在全村里都有名呢。每当要过新年的时候，小姐姐都会教我剪窗花，可是我怎么剪也没有办法剪得像小姐姐那样灵巧和好看。

不过，小姐姐仍然会把我剪出的窗花，仔细地贴到窗户上。

吃年夜饭之前，爸爸还要带着我们祭奠天、地和祖先。爸爸站在前头，我们站在他身后。在大门口，在天井里，在堂屋里，我们对着天、地和祖先的灵位深深地鞠躬，默默地致谢，感谢天地和祖先赐给我们幸福和平安，保佑我们在新的一年里风调雨顺、富足安康……

欢欢乐乐地吃完了年夜饭，新年的鞭炮声，就在外面此起彼落地响了起来。这时候，我们全家人就开始“守岁”了。

这是年夜里孩子们最幸福的时刻。每一个屋顶下，都会有这样一个温暖的家。

爸爸说，年夜里的灯火，要一直点亮到大年初一的早上，等到新年的太阳升起的时候才可以熄灭。我们用这种古老的方式，迎接了新一年的到来。

新的年岁会带给我们新的希望，也带给我们新的梦想。

大年初一的清晨，爸爸会带着我在大门口燃放一串开门的鞭炮。

爸爸总是让我亲手去点燃开门鞭炮。他说，当他像我这么小的时候，爷爷也总是让他去点燃开门鞭炮的。

在噼里啪啦的鞭炮声里，妈妈和小姐姐开始忙碌着包饺子了。妈妈会事先准备好用开水烫过的硬币，还有红枣和煮熟的栗子。妈妈会分别包成十二只钱饺、红枣饺和栗子饺。

妈妈说，谁先吃到这种饺子，谁就有福了，新的一年里肯定会有好运气。

不过，无论是谁吃到了这种“幸运饺子”，都不会出声的，只要自己心里有数就行了。当然，只要留心观察每个人的脸色就不难猜出，有谁已经吃到了“幸运饺子”。尤其是谁吃到了钱饺，硬币就会在碗里发出“当啷”的声音。这时候，大家都会恭喜他：恭喜！恭喜！好运来了……

新年的早晨，家家门外的雪地上，都会留下一片红色的鞭炮碎屑。这是我和小伙伴们最喜欢去的地方，因为在这里可以捡到还没有炸响过的小鞭炮。

在这里，我们还可以互相夸耀，谁家放的鞭炮最响、时间最长，谁得到的压岁钱最多，谁的新衣裳、新鞋子和新帽子最好看……

不过，大年初一这天是不能出远门的。妈妈说，这一天里也不能随便说话，更不可以说出什么不吉利的话来，也不可以大声嚷嚷。因为，大声嚷嚷会吓着回家过年的祖先们安宁的灵魂……

于是，我和小姐姐就只好都不说话。我们只能轻轻地、一小口一小口地，享受着妈妈做的香喷喷的油糕和甜甜的冬米糖。

远处的田野和大山，还在厚厚的白雪的被子下，做着长长的冬天的梦。

从大年初二这天开始，家家都可以出门拜年、走亲戚了。每年这个时候，爸爸妈妈都会带着我和小姐姐，来到十几里外的一个小村子里，给外婆拜年，也给舅舅和舅妈们拜年。

外婆说，她最疼我这个小外孙了，所以，每年她都会给我准备好一个红包，我知道，那是外婆给我的崭新的压岁钱。好久没有看到外婆了，她的牙齿又少了好几颗呢。不过，外婆还是那么慈爱、那么疼爱我和小姐姐。

我知道，我也非常非常爱我的外婆！

大红色的春联，还贴在家家的门楣上。大红色的灯笼，还挂在每一家门口，每一个村头。可是，新年的日历，正在一张张地翻过去。

我知道，等到厚厚的日历翻到最后一页，又一个新年，又一个春天，又会悄悄来到我们身边。

我们送走了一个又一个美好的新年。我和小姐姐的童年时光，也不知不觉地远去了。终于有一年，辛劳的爸爸也永远地离开了我们，他不再能为我们挂起新年的红灯笼了。

爸爸不在了。我也不再是一个小孩子了。

现在，我们都已经长大了……

长大之后我才懂得，新年，不单单是一个万家团聚的节日，更是一个浸润着浓浓的亲情、乡思的感恩的节日。

大地春常在。人间春常在。

我将深爱着这个世界，包括它所有的悲苦；

我也将深爱生活中的每一天，包括它全部的艰辛。

灯火阑珊处

*

“众里寻他千百度”，当我蓦然回首，试问：有谁还在那遥远的“灯火阑珊处”呢？

诗人陆游的《老学庵笔记》里，记着一个关于元宵节的笑话：有个叫田登的州官，最忌怕别人犯了他的名讳，不但“登”字不许人家说，就连与“登”同音的字也禁忌。元宵节时，他下的公告上写着“本州依例放火三日”——用“放火”代替了“点灯”。从此就有了“只许州官放火，不许百姓点灯”这句俗语，而且直到今天还在流传。

元宵节又称上元节、元夕节或灯节，时在阴历正月十五日夜。这个节日里有吃元宵、观花灯、舞龙舞狮、猜灯谜等习俗。现在更有各类花灯大展、烟花燃放等装点着它，成为春节之后的一个热热闹闹的节日。

入夜后往往是家家户户、街头巷尾都在门前高悬起美丽的彩灯，人潮沸涌，万众聚观，其情其景都如辛弃疾《青玉案·元夕》词中所描述的那样：“东风夜放花千树，更吹落，星如雨。……风箫声动，玉壶光转，一夜鱼龙舞……”自然，也有人会悄然避开这群聚的场合而独处一隅，享受他们另外的幸福。欧阳修的“去年元夜时，花市灯如昼。月上柳梢头，人约黄昏后”的境界，也许比那沸沸攘攘的人流灯光，更使人怦然心动而流连忘返吧！

童年在胶东乡下，最使我难忘的是元宵夜的豆面灯。元宵节那天，家家都用黄豆面做成各种形状的面灯，盛以豆油，放入线芯，有的也直接放入一小截红蜡烛，从傍黑儿一直可以点到次日天亮。门前挂上猴灯，鸡窝边放上鸡灯，粮囤边挂上刺猬灯，水缸上放上鲤鱼灯。碰上老祖母高兴，她还会按照我们小孩子的生肖属相捏制出牛形灯、羊形灯、虎形灯等。各人的灯由各人管理着，该加油的加油，该换蜡的换蜡。总之，此夜的灯是断然不可熄灭的。哪一盏灯燃得最亮最久，便预示着那人在这一年的运气最好。有一年，我的虎形灯因为我的爱不释手而端来端去，不慎弄灭了，我惊慌地一看老祖母，便见她那昏花的眼睛里充满了惶急。重新点燃后，老祖母赶紧拉上我，跪在天井里的大月亮下祷告了半天，方才觉得平安无事了。

有一位临沂的朋友告诉我说，在他们那儿，老人们蒸豆面灯时，常在里面放上几颗饱满的黄豆粒，蒸熟后，以豆粒膨胀的程度来预测当年的雨水是否充足。老人们固执地信以为真，而我们怎么能相信呢!

灯节一过完，老祖母便会把所有的豆面灯都收集在一起，刮去上面的油垢和蜡迹，切成面片，为我们做成香喷喷的豆面汤片，那味道倒真是好极了！——远离故乡二十多年了，有时真想再吃一顿那样的豆面汤片啊！要知道，那是我们贫穷的年月里难得吃到的美食呢。

不仅如此，那些奔跑在元宵灯影里的天真无邪的青梅竹马的小伙伴，那也有快乐也有忧愁的新月年华，我也非常想念啊!“众里寻他千百度”，当我蓦然回首，试问：有谁还在那遥远的“灯火阑珊处”呢?

树梢上的风筝

断线的风筝，挂在高高的树梢上，挂在古老的屋檐上，更挂在我童年记忆里最醒目的地方。

“清明时节雨纷纷，路上行人欲断魂。”

每当清明节的时候，我就想，这“断魂”之人，首先要属那些远离了故土而客居他乡的儿女。不是吗？当你远远地看着在南山北头、荒郊墓田上焚纸挂幡，或躬或跪的人们，听着旷野上此起彼伏的幽幽哭诉，你能不想起自己长眠在故乡的祖先和亲人？

“纸灰飞作白蝴蝶，泪血染成红杜鹃。”触景伤怀，此时此刻，你能不想到，有谁还会记得他们，在年年清明为他们上坟祭扫？那低矮的土丘，该是几度野草枯荣、荆棘遍布、墓木成拱了吧？

“七度逢寒食，何曾扫墓田。他乡长儿女，故国隔山川。”我总觉得，这是一首忧郁的怀乡诗，一篇沉重的忏悔录。人生能得几清明？祭念死者，原也是为了祈福于生者。而对那些跟着大人们去郊外扫墓的孩子们来说，清明时节，鸟语花香，寒暖适宜，田野一派青翠，这时刻岂不正是远足和郊游的好机会？

“暮春者，春服既成，冠者五六人，童子六七人，浴乎沂，风乎舞雩，咏而归。”想那大成至圣先师孔子听了曾皙这令人心动的愿望，不也禁不住喟然叹曰“吾与点也”吗？

爷爷生前曾告诉过我，春天的风是由下往上吹的，正适合放风筝。而清明一过，则“东风谢令”，风向就不再那么稳妥了。所以放风筝的日子总是到清明节为止。《红楼梦》里探春的一首风筝谜诗就这样说道：“阶下儿童仰面时，清明妆点最堪宜。”而俗语中的所谓“放断鹞”，就是指清明节这天出去放一年里最后一次风筝。

断线的风筝，挂在高高的树梢上，挂在古老的屋檐上，更挂在我童年记忆里最醒目的地方。年年岁岁，永不变形，也不会褪色。

故乡的七夕

即使是在艰辛和贫穷的年月里，我们的心中也充满了欢情与梦想……

农历七夕刚刚过去，我收到了童年的伙伴小月从故乡的来信。小月告诉我，七夕那天，一群青梅竹马的小伙伴，又一次聚集在村东那片玉米林后面的白沙滩上，摆了一桌布的“巧巧面”。除我之外，所有当年的伙伴都聚齐了，也都分吃到了巧巧面。伙伴们问我：什么时候能回去？是不是把故乡给忘了，把乡亲们和伙伴们给忘记了？

捧读着小月的来信，我的眼前一下子闪过了童年过七夕节的情景：朗朗夜色，沁凉如水；纤云弄巧，流萤无声。灿烂的星光下，沙沙的玉米林边，围坐着一群满怀着美丽梦想的乡村少年。远处，白茫茫的大海在闪耀着神秘的海光，隐隐可听见生命的潮声在喧响，从遥远的天边一直传到我们的心中……

故乡的七夕，我们又叫它“乞巧节”。虽然不像现在有些地方叫的“少女节”“情人节”那么浪漫动听，但它留给我的记忆却是那么美好、清晰和久远。

传说七夕之夜，是勤劳忠厚的牛郎和美丽善良的织女一年一度相会的时刻。老人们说，当更深夜静的时候，如果你凝神静听，就会听见从“天河”上传来的幽幽低诉的声音，那是牛郎带着两个可怜的孩子和织女团圆的时刻。到五更时分，他们就又得含泪分别了……

美丽的传说留下了美丽的忧伤，天上人间，代代相传。

后来，每逢七夕，我总会心事重重地坐到半夜，总希望听到从天河上传来的幽幽低诉的声音。即使是夏夜乘凉时，也常常这样想。不过直到现在仍然没有听到过——当然听不到的。幽幽低诉的声音自然是常有的，但它们都不是来自天上，而是来自人间，来自我身边的亲人们。

老人们还说，七夕之夜，女孩子们如果在天井里摆上香案，供上瓜果，再用七根丝线和七支绣花针，坐在星光下穿针引线，便会从善织的织女那里乞得心灵手巧。上学念书的小学生们，如果此夜手持纸笔，谦恭而诚实地在星光下揖拜，也会乞得聪颖伶俐的。

就因为这，我们那时候对七夕乞巧，总是做得郑重其事，不敢有丝毫怠慢。是呀，谁愿意自己成为一个手脚笨拙、心灵愚讷的人呢？

小月在信上所说的分吃“巧巧面”，也是乞巧的一种方式。从七夕那天早晨开始，村里没上学的女孩子、小媳妇和小学生们，三五个人组合成一伙，每人端着小瓢儿，满脸含笑地挨家乞得一点点白面、花生、瓜果，然后到一个主办者家里，或到一棵老槐树下，或到一间扫得干干净净的老碾房里——我们那一伙是年年聚集在村东玉米林后面的白沙滩上的——大家分头把做好的各种简易面食，摆进一个个小碗里……一切准备停当了，天也黑了，星星月亮也升起来了。

这时，大家便轮流着对那天上的星星默默礼拜，默念着自己所期盼的心事和愿望。做完了礼拜，大家便开始享用这顿真正的“自助餐”，谈天说地，且歌且乐，气氛十分活跃。把各自的心事寄予朗朗的星月，把美好的希望留在纯真的心间，天上地下，心心相通，即使是在艰辛和贫穷的年月里，我们的心中也充满了欢情与梦想……

小月是我们中间心最灵、手最巧的小丫，善良又俊美。她不仅书念得好，而且会绣花，会缝织，会做各种草编，是全村人人疼爱的小丫。我曾问过她，乞巧时心里在默默说些什么，她低头含笑，从来也不肯告诉我。

搭不成伙、吃不到百家乞来的“巧巧面”的人，也有办法。他们用自家的面粉做成一种面食，名曰“巧花”，或莲蓬形，或金鱼形，或花篮形，或喜鹊形，或狮子形……都是先用各种木刻模子印好，再在锅里烘烤而成的。这种面食可以放得很久。我十七岁时独自离开故乡到远方求学时，路上带着吃的，就是老祖母为我做的半布袋“巧花”。远行人带“巧花”离乡，还有亲人们会年年等你到七夕的意思。那时候我还不知道，这是小月后来告诉我的。

有一本书上说：有一些人，在出生的地方他们好像是过客；孩提时代就非常熟悉的浓荫郁郁的小巷，同小伙伴们游戏其中的人烟稠密的街衢，对他们来说都不过是旅途中的一个宿站。这种人在自己的亲友中终日落落寡合，在自己唯一熟悉的环境里也始终只身独处。而一旦由于什么原因逼使他们远游异乡，经过了多少年后，作为一个漫游者重新回到他们离开了多年的土地与村庄，他们才会神秘地感到，原来只有这里才是自己的栖身之处，只有这里才是他们一直在寻找的家园，只有在这里，他们的心才能够安静下来……

我常常想，我自己，是不是就是这样一个人呢？

那年夏天，我终于有机会回到故乡的小村庄了。村东的那片空地，仍然种着我熟悉的玉米。青青的玉米叶子在沙沙作响。我放慢脚步，仿佛在寻找我的旧梦，在找寻我失落在这里的一切——我的身高、我的体重、我的肺活量，还有我童年的友谊、欢乐与忧伤……

穿过玉米林，我坐在那片白沙滩上。大海的潮声隐隐传来，又一次在我的生命里回响。我的眸子里无声地噙满了热泪。

我看到了当年的一些青梅竹马的小伙伴。岁月也悄悄地改变了他们的模样，但改变不了的是他们的神态、他们的声调、他们的质朴和热诚的心肠。他们一个个都有了自己富足的小家。多年来，他们都在用自己的双手，编织着整个家乡的新美的日子……

坐在伙伴们中间，一瞬间，我产生了这样一个念头：假如当初，我不离开家乡，还和伙伴们在一起，我会变成什么样呢？

我把目光投向那片青青的玉米林。——没有谁能回答我，既然我已经离开了故乡。但我知道，无论我在哪里，故乡永远都装在我的心中。为了感恩故乡，为了昔日的小伙伴们的期待，我会永远好好地去生活，好好地去热爱这个世界的。

小时候的大蒲扇

我突然想念起奶奶，想念起奶奶的大蒲扇了……

读中学的时候，我在笔记本上写过一篇小散文诗《奶奶的针线盒》：“当太阳下山，夜色降落，一个又一个老故事，就会飞出奶奶的针线盒。偶尔碰上我们顽皮了，奶奶慈爱的大蒲扇挥过来，就在我们幼小的心上，留下一些有味儿的记忆……”现在看到这些文字，我突然想念起奶奶，想念起奶奶的大蒲扇了……

我小时候在乡下生活。那时没有电扇，也没有空调。夏至一到，就意味着酷热的三伏天开始了。这时候，人人都想寻找和亲近大蒲扇了。

最难忘的是在炎热的夏夜里，或坐在浮漾着槐花香的天井里，或坐在萤火虫飞舞的谷场上，一边数着满天的星星，一边让奶奶用芭蕉扇为我们扇凉、赶蚊子的情景。我最早听到的牛郎织女、花木兰替父从军、灯花姑娘和小白菜的故事，都是奶奶的芭蕉扇摇出来的。

说是“芭蕉扇”，当然是不准确的。芭蕉的叶子太狭窄，而且太薄，原是做不成扇子的。奶奶所摇的大扇子，准确地说应该叫作蒲葵扇或蒲扇。这是我长大后从清朝的文人梁绍壬的《两般秋雨庵随笔》里知道的。他说：蒲葵和芭蕉是两种植物，一些诗人在诗词里往往都把这种扇子说成是“蕉扇”，其实蕉叶根本就做不成扇子。那么，人们之所以爱称蒲葵扇为芭蕉扇，我想，这大概与《西游记》里那把法力高强、可以扇灭一座火焰山的芭蕉扇的说法有关。

除了用来扇风纳凉，其实，扇子的作用还有很多呢。古代它还常常作为吉祥、清正的信物，作为好朋友之间酬赠的礼品。史书上记载说，东晋的时候，新官赴任临行前，上司总要赠送一把扇子，意思是到职之后，要清廉刚正，张扬清白仁义之风。在唐代的洛阳，端午时节有互相赠送“辟瘟扇”的风俗，表达朋友之间的祝福之意。

类似的习俗，我在鄂南、赣北一带的乡村里也见识过，直到今天还在盛行，那就是端午节互相赠送扇子，表示“事事和善”的意思。所以端午节一到，当地的扇子往往供不应求，价格见涨。端午那天，城乡公路和田埂小道上，几乎人手一扇，送礼的篮子上也摆着各式扇子。

我想起来了，中华人民共和国的开国元勋、敬爱的彭德怀元帅在他写的回忆录里，也曾经记载过，1930 年夏天，当英雄的红军队伍从湘赣边区挺进鄂南山区时，当地的老百姓夹道欢迎，妇女老小，人手一扇，站立道侧，替红军扇凉……鄂南的酷暑是很有名的，当年又逢久不雨的大旱，苏区老百姓用一把把大蒲扇，给红军战士们扇凉，在中国革命历史上挥写了一段佳话。

据说，在日本，扇子含有“生命舒展”的意思，所以，日本的小孩子成年后，得到的最好的礼物往往就是一把扇子。而在 18 世纪的欧洲，精美的扇子还是优雅的女士们的重要装饰，有一些不便说出口的话语，她们往往就用“扇语”来完成。例如，如果扇子在她手中翻来覆去，那么她其实是在告诉对方：“对不起，你太讨厌了，请离开吧。”这些微妙的“扇语”，人人都能心领神会。

在我们乡下老家，小时候最常见的，还有一种用白白亮亮的麦秸编成的麦秸草扇。许多奶奶、婶婶和姐姐们都会做，而且形态各异，厚薄适中，很是精巧，是可以当作民间工艺品的。可惜的是，现在家乡的村庄里，已经很少有人使用这种麦秸草扇了。时代进步了，各种电扇和空调，早已代替蒲扇和麦秸草扇了。

可是，我仍然那么怀念小时候清凉的大蒲扇和洁白的麦秸草扇，怀念奶奶和外婆用那些大蒲扇挥摇出来的老故事。

听得秋声忆故乡

*

风露萧萧木半黄，听得秋声忆故乡。

我的少年时代在家乡胶东半岛的小山村度过。除了寒暑假，我几乎每天都要翻山越岭，奔走在通往小镇唯一一所中学的山路上。虽然是在贫寒的年月，甚至经常处在饥饿的日子里，但是，一颗敏感的少年的心，仍然在满怀好奇地感知着周围的一切。正在发育和成长的少年身躯上，好像到处都开着洞，以利于外面的风声和阳光可以吸收进去。

也许从那时起，我就对家乡山冈上的秋色产生了深深的爱恋。一到深秋时节，弯弯的山道两边，所有的草木都被晒染得金黄和通红。榛树、枫树、柞树和野樱树、野板栗树、野柿子树，还有各种叫不出名字的矮小灌木的叶子，都在秋阳下变成了透明的琥珀色、深红色和金黄色。那些丛生而多棘的野酸枣树上，结满了通红的、玛瑙一般的酸枣；那些被阳光晒得干透的芒草和芦苇，在风中默默吹奏着自己的歌，好像在用不折不扣的身姿和风骨，向秋天宣告着生命的坚忍与顽强。

阳光煦暖、安安静静的中午时分，走在色彩斑斓的山路上，我经常有点流连忘返。去路边的石堰下采摘酸枣的时候，有时还会惊飞一些惬意地躺在阳光下，正在摊开翅膀晒羽毛的小山鹑……

野菊盛开，草木尽染；大雁高飞，漫山红遍。这是故园家山的秋天留给我的美好记忆。我甚至觉得，用任何文字，都无法准确描绘和传达出故乡之秋留给我的那种细微的感觉。

“人生识字忧患始”。长大后，读到了许多吟咏故国之秋、重阳登高的诗句，也随着自己的生活阅历日渐深远，方才渐渐体会到，菊花黄、草木染、雁南飞的重阳时节，竟是最易引起每个中国人的乡思、乡愁和乡恋的一个节日。

中国古代吟咏重阳节的诗词，真是难计其数。其中最为家喻户晓的，要数唐代王维的那首《九月九日忆山东兄弟》吧：“独在异乡为异客，每逢佳节倍思亲。遥知兄弟登高处，遍插茱萸少一人。”还有一些诗词佳句，人们也是耳熟能详，如唐朝诗人崔国辅的《九日》：“江边枫落菊花黄，少长登高一望乡。”白居易的《闰九月九日独饮》：“黄花丛畔绿尊前，犹有些些旧管弦。偶遇闰秋重九日，东篱独酌一陶然。”宋代诗人赵抃的“更上高峰尽高处，黄花新酒醉重阳”，苏轼的“霜风渐欲作重阳，熠熠溪边野菊黄”。明代诗人吟咏重阳的也不乏传世佳句，如徐祯卿的《济上作》：“忽见黄花倍惆怅，故园明日又重阳。”李东阳的《九日渡江》：“万里乾坤此江水，百年风日几重阳。”还有记不清是哪位诗人的句子了，也过目难忘：“浮云遮尽登高眼，不许愁人望故乡。”

中国人有中国人的生活心态，中国文人有中国文人的家国情怀。只有拥有了真正的中国情怀，才能真正理解和体会那些中国式的乡愁，正如诗人流沙河在《就是那一只蟋蟀》一诗里所吟唱的：“凝成水，是露珠；燃成光，是萤火；变成鸟，是鹧鸪，啼叫在乡愁者的心窝。”

中国传统的重阳节里，有佩插茱萸、饮菊花酒、登高望远等风雅习俗。细究起来，其中的每一个习俗，都是独特的“中国故事”。

茱萸，又叫越椒，木本茱萸有山茱萸、食茱萸和吴茱萸之分，属于一种落叶小乔木。茱萸树春天里开紫红色的小花朵，秋天结出枣红色的小果实，由黄变紫。屈原在《离骚》里写到了它：“椒专佞以慢慆兮，榝又欲充夫佩帏。”这里的“榝”，就是茱萸。在古人眼里，茱萸是香草和香料，也是药材，《本草纲目》里说：“吴茱、食茱乃一类二种。茱萸取吴地者入药，故名吴茱萸。”曹植的诗《浮萍篇》里有句：“茱萸自有芳，不若桂与兰。”

隋朝江总的《宛转歌》里说："卷葹摘心心不尽，茱萸折叶叶更芳。"茱萸的小核果气息芬芳，能治寒祛毒，可除虫防蛀，民间甚至认为它能"避邪"。重阳节佩插茱萸的道理便在于此。

饮酒赏菊，乃至食菊佐酒，也是重阳节里必不可少的一项风雅习俗。"朝饮木兰之坠露兮，夕餐秋菊之落英。"可见在屈原时代，特别是文人雅士间就有食菊的习俗了。三国时期的魏文帝、著名文学家曹丕，在中国文学史上留下了一封著名书信，即《九日与钟繇书》。原来，曹丕在重阳节这天，给当时的重臣、大书法家钟繇送去一束菊花，并附书曰："岁往月来，忽复九月九日。……至于芳菊，纷然独荣，非夫含乾坤之纯和，体芬芳之淑气，孰能如此！故屈平悲冉冉之将老，思飧秋菊之落英。辅体延年，莫斯之贵。谨奉一束，以助彭祖之术。"彭祖，是传说中有八百岁之寿的近仙之人。由此可见，重阳节送菊、赏菊，也与敬老健体、益寿延年有关。盖因菊花耐寒，不与春卉争荣，花期虽晚而持久。

到了晋代，大诗人陶渊明更是把重阳赏菊的故事推到了极致。陶渊明爱菊，因其品格高洁独秀，经得起秋后风霜的摧折。他当时不满官场的污浊，愤然辞职，回到家乡柴桑（今江西九江），隐居在田园村舍之间。耕作之余，他在宅边篱下遍植秋菊，朝夕吟哦欣赏。他的名句"采菊东篱下，悠然见南山"所呈现的境界，为历代文人所钦羡和传颂。据说有一年重阳日，他正在对菊出神，忽然来了个白衣人，送来菊花佳酿一坛。陶潜喜出望外，禁不住对着篱下菊花开怀畅饮，尽醉方休。由此可见，重阳节饮酒赏菊，也和插戴茱萸香草一样，是重阳节里风雅至极的习俗风尚。

王维的诗中还写到了重阳“登高”。九九重阳，登高望远，起源于一个颇有传奇色彩的故事。文学史上著名的书信体山水美文《与朱元思书》的作者、南梁文人吴均，在《续齐谐记》一书里记载，有一个叫费长房的人，学到了道术；一个名叫桓景的人，前来拜他为师。有一天，费长房对桓景说：九月九日，你家将有大祸临头。桓景惶恐地问：这该如何是好呢？费说：倒也不必害怕，你可带领家人，以茱萸系臂，登上高冈，饮菊花酒，此祸可除。桓景照着去做了。傍晚回来，果然看见家里的牛羊鸡狗都死去了，全家人却因此躲过了这场灾难。这样的传说，当然不足为信，但古人却信以为真，于是就有了重阳登高望远的习俗，民间甚至干脆把重阳节称为“登高节”。

农历九月九日，正处在二十四节气中的寒露与霜降之季。秋风送爽，艳阳高照，草木尽染。登高远眺，饱吸秋阳之光，吐尽晚水之气，且把层层叠叠的山川风物尽收眼底，倒也真是不失为人生一大乐事。我甚至觉得，在这个时节登高望远，也许是感受祖国山川与千里清秋之美，唤醒对故国家园的乡思与乡愁的最佳时节。相比之下，古代诗词中诸如“满城风雨近重阳”“一杯残酒伴凄凉”以及“秋风亦是可怜人，要令天意知人老”“一樽冷落思佳客，九日凄凉在异乡”之类的感喟，未免有点过于肃杀和伤感。

记得少年时，每当重阳时节，秋收的农活差不多快要忙完了，此时也正是山上的野柿子、野酸枣和各种野生植物的块根成熟的季节，乡村孩子们一放了学，就纷纷上山采集野果，挖取各种药材块根。我们把这叫作“重阳小秋收”。虽无文人学士们的风雅诗意，但也有自己实实在在的小收获。

岁岁重阳，今又重阳。登高望远，秋空爽朗。风露萧萧木半黄，听得秋声忆故乡。不知故乡山冈上，那红玛瑙般的茱萸果和野酸枣，还有故园篱下的野菊花，是不是还在等待一个未归的人。

冬至的梦

＊

她让一切有生命的，都开始做着自己温暖的梦、希望的梦。

很小的时候，爷爷就教我们背诵过那古老的《二十四节气歌》：“春雨惊春清谷天，夏满芒夏暑相连，秋处露秋寒霜降，冬雪雪冬小大寒。”

那时候只知道，到了冬至，再过了小寒、大寒，便是我们小孩子所盼望的春节了。长大以后才明白，从地球绕着太阳公转，地面受日光的照射的角度来说，冬至这天，是太阳运行到了南回归线的极点，北半球昼最短、夜最长；南半球是白昼最长、夜晚最短。过了这天，地球绕太阳的运行就逐渐向北回归线转移了。

冬至前后，大雪飘飘……

我总感觉冬至是一年中最阴森、最寒冷的一天。但是，那谁也看不见的春天，也就在这一天随着那飘飘的白雪来到了我们中间。只不过她不愿意那么快地与人们见面。可是她让一切有生命的，都开始做着自己温暖的梦、希望的梦。果园里的苹果树，白雪覆盖着的葡萄枝，泥土中的冬小麦与草根，地窖里的白菜和树苗，还有冬眠的青蛙和蚯蚓……

虽然你听不到它们苏醒的声音和梦中的呓语，但是慈祥而深情的大地妈妈，是能够感觉到那万物的生命的涌动的。不信你拨开积雪或扒开泥土，仔细地看看吧：黑色的藤条变青了，干硬的树枝变软了，冻土地开始松动了，冰河下面有了哗哗的声音了，细小的草根儿有的已经绽出苍白的芽苞了，地窖里的枝条上，也吐出了指甲大的紫红色的小叶子——它们好像都已经等不及了。

等不及也要再等等啊。我们糊得严严实实的小窗，现在还不能打开。我们插在草垛上和挂在屋檐下的风车，现在还不能摘下来。我们的冬至的梦，还要再经过九九八十一天，才可以真正地在春天里醒来呢！

这是多么难熬的八十一天啊！记得那时候，爷爷的旧墙壁上，总会挂起一张白描的梅花图，八十一瓣小花瓣，每过一天，就用朱笔涂红一瓣，一直等到八十一瓣都涂成红色，一树白梅完全变成了红梅，爷爷才会告诉我们：春天这下真的来了，你们可以换下厚厚的棉衣了。

哦，我多么想念那明朗的、温暖的春天！

我更怀念那无数个漫长的冬夜里曾经做过的温暖的梦！

那是雪的梦、花的梦，是梦里的希望。那是绿草的梦，是杨柳和燕子的梦，是渴望着返青和拔节的麦子的梦，是挂在高高的树梢上的风筝的梦，是一夜间就甜透了整个农家的冬米糖的梦……

梦里送走了多少个冬至，善良而勤劳的爷爷，也早已安息在故乡的大地上了。但我终究没能保存下一张那曾给我留下了深深记忆的、由白梅变成红梅的梅花图来。我只依稀记得写在图画两边的一副对子：“但看图中梅树红，便是门外柳叶青。”

若干年后的一个冬天，我远离故土，生活在江南一个陌生的小城里。在一个最寒冷的冬至之夜，我裹紧身上的大衣，听着窗外的风雪声，心里默诵着白居易的诗：“十一月中长至夜，三千里外远行人。……”这时候，不知道是一种温情还是一片乡愁，使我禁不住热泪盈眶。

我在想，在我遥远的家乡，一切有生命的，该又都沉浸在那深深的、温暖的冬至的梦中了吧？那么，亲爱的故乡，请你接受我深深的遥远的祝福吧。

年糕飘香

一方方温暖的香糯的年糕，一夜间就会熏香和甜透从冬到春的农家的梦。

又到年糕飘香的时候了。

谁的心中不曾保存过这样的童年记忆呢?

那一定是亲人们细细磨出的雪白的米粉。那一定是亲人们的双手温和地调制和蒸熟的米粉。是老奶奶们的手，是妈妈们的手，是姑姑和姐姐们的手……在锅盖揭开的那一瞬间，也一定是热气腾腾，香气扑鼻的。

团团的、方方的、厚厚的、糯糯的年糕啊!

无论是在北方，还是在江南的乡村，在我们一代代人渐渐陌生的故乡里，在故乡淡蓝色的炊烟里，打年糕的声音里，总是透着全村老幼的欢乐。一方方温暖的香糯的年糕，一夜间就会熏香和甜透从冬到春的农家的梦。

那是高适的“故乡今夜思千里”，是黄子云的“知是邻家共迎灶”，是姜夔的“一夜吹香过石桥”，也是钱珝的“万木已清霜，江边村事忙”。

年糕是最普通的民间岁时食品，但是年糕又何尝仅仅是一种年节食物？不，年糕的香糯里分明还凝聚着乡村孩子的一种乡思，带着吉祥、感恩和祝福的深深的寓意，所谓“年糕年糕，年丰寿高”。

年糕从来就是中国人最喜欢的传统食物之一。据说，年糕的由来与春秋时期楚国的伍子胥有关。那是一个类似楚人用粽子祭念屈原的传说，百姓们在丰年腊月用糯米制作成糕状食品，是为了怀念危难时不失复国之志的伍子胥。只是如今，每一方、每一团雪白和香糯的年糕里，分明又包藏着一种浓得化不开的“馅”，那就是现代城市人深深的怀旧感——一种复杂的乡愁的滋味。

我相信，无论是哪一个中国人，也无论他走到哪里，都不会拒绝一块雪白的年糕，就像他不会拒绝那一声来自亲人的嘱咐，不会拒绝那一缕对于故乡、对于儿时的忆念与牵挂。正如一首著名的诗里所写的，“你无论走得多么远也不会走出我的心，黄昏时刻的树影拖得再长也离不开树根”。

春花秋月，柳色秋风。当二十四番花信风轮番吹过，最让人眷恋的，还是来自故乡的各种味道，包括一方雪白的年糕的香甜味道。那是我们剪不断的乡愁和永久的思念。

腊鼓声声

*

平日里难得听见牛皮鼓声，一入腊月，十里八乡的鼓手们便忙活开了。

一进腊月的门，就有点儿忙碌着要过年的气象了。

先是腊鼓敲响了。平日里难得听见牛皮鼓声，一入腊月，十里八乡的鼓手们便忙活开了。五人一伙，八人一组，鼓、锣、钹、镲、铙……所有的锣鼓家什儿无论新旧，全都派上了用场。那热烈，那奔放，那派头，那种拼尽全身力气倾吐出自己一年的悲忧欢畅的劲头儿，别提有多威风了，直听得男女老少半夜里睡下了还觉得心房里咚咚作响。也难怪呀，乡下人的乐趣本来就少，一年不就才碰上一回腊月天嘛！

锣鼓队在自己村里敲遍了大街小胡同还觉得没有过足瘾，便十里八乡地挨村表演。锣鼓队一来，你看吧，后头跟着看热闹的那些小孩子呀，你就是有天大的本事也数不过来。我时常想起骑在三伯的脖子上，小脸儿冻得通红通红的，挤在人群里看锣鼓队的场面。在踩高跷的人前面，锣鼓队起了开道的作用。

一身虎皮猎人打扮的鼓手们，在一位步伐稳健的大爷的指挥下，要急有急，要慢有慢，风风火火，不时赢得一阵阵老少爷儿们的喝彩声：“好哇！再来一次！”

打锣鼓的越发来劲儿了！三伯有时会挤到挥令旗的大爷面前说：“五爷，身子骨儿硬朗着哪！三侄儿给您捧场来了。给俺来一段《天门阵》中不？”

五爷一捋白胡子，说声：“您看好了！”话音未落，令旗向上一指，于是锣鼓上下翻飞，烟尘升腾不息……

每当这时，三伯总是紧紧攥着我的小手儿，摇着颠着我说：“长吧，长吧，快快长大，长大了也给咱家出个锣鼓手！”

锣鼓队三两天出来一次，直把我们这些小孩子们都看疯了。而大人们却在忙活着筹集东西，准备做“腊八粥”了。腊八粥，当然是腊月初八才能吃的，得有八样东西。我记得那时候我们家年年的腊八粥总是用大米、小米、红枣、豇豆、栗子、花生、豌豆和干地瓜丝儿合在一起煮成的。

听爷爷说，腊八粥不光是煮给人吃的，家家户户的马牛羊猪鸡狗儿等，都得有一份。因为腊八这天，天老爷要派牛魔王、天蓬元帅下凡来的，专门查看各家对牲畜家禽是不是善待了。它们看到自己的同类也和人一样吃着腊八粥时，便会很满意地回到天上去，让天老爷多多降福给人间。

这当然只是个神话，不过从中可以看出乡下人对于牲畜们的感情。牲畜家禽们对我们乡下人恩重如山，我们也总是把它们敬为上宾。可是小时候我从没见过有谁给牲畜们吃过那么好吃的腊八粥。那是贫穷的年月，恐怕都是舍不得的吧。

长大后读到一本专门谈论民间风俗的书，上面说到腊八粥，起源于这样一个有趣的故事：

朱元璋小时候家里很穷，常常挨饿。一次，他和一群放牛娃到一个庄子里去找东西吃，东找西找，却什么也找不到，折腾了半天，只在瓦罐下发现了一个老鼠洞。听说老鼠洞里常藏有粮食，他们就挖呀挖呀，终于挖到了一个很富足的鼠仓，里面有大米、豆子、粟米、红枣。于是他们就把这些东西都拣到了一个瓦罐里，在野地上架起石灶熬成了一罐粥。当时肚子实在饿狠了，所以这顿粥的滋味比什么都香甜。

后来，朱元璋做了皇帝，不用说，成天山珍海味。可是人是个“贱骨头”，好东西吃腻了，他便又想起当放牛娃时吃的那罐粥来了。于是便吩咐厨子们把杂七杂八的粮食合在一起，又熬了那样的一锅粥。那天正是腊月初八。洪武皇帝于是就给这种粥起名叫“腊八粥”，并吩咐下去，家家都照着这个样子做起来……

只是不知道，当朱元璋坐在龙殿上吃着御厨做的腊八粥时，是不是还像当年那样津津有味。

甜甜的祭灶果

*

甜甜的祭灶果，给我们苦涩而寂寞的童年留下了甜蜜的记忆。

小时候总听大人们说，每年的腊月二十三，“灶王爷”要骑着“灶马”到天庭上去，向玉皇大帝报告每家每户的善恶举动。玉皇大帝就根据灶王爷的讲述，来决定每家每户来年的福祸与凶吉。所以，为了求得来年一家人都能够平平安安、少灾免祸，在灶王爷上天那天，家家都要多多供奉一些祭灶果，尤其要多多准备一些甜果，好让灶王爷的嘴变得甜一些，在玉皇大帝那里多说几句好话呢。

甜甜的祭灶果，给我们苦涩而寂寞的童年留下了甜蜜的记忆。

记得爷爷在世时，他的炕头柜里总有个草编的、带盖儿的、四四方方的“饽饽盒”。送走灶王爷之后，祭灶果便收进了他的四方盒子里。爷爷分祭灶果给我们吃的情景，给我留下的记忆是长远而清晰的。

那些五颜六色的祭灶果，有麦芽糖、花生糖和芝麻糕，还有切成一小块儿一小块儿的枣儿糕、糖冬瓜、山楂片、苹果条和柿子饼。在我们那一茬孙儿孙女辈里，爷爷是最疼爱我这个长孙的，所以，每年我分到的祭灶果最多。

不过，一年里也就这么一次。我总是舍不得一口气就把它们全吃光，便悄悄地藏到只有我一个人才知道的地方，好慢慢地去享用。等到这些祭灶果终于吃完的时候，新年差不多也就到了。

除了祭灶果，我记得我们家每年祭灶时，还要在灶边贴上一张发了黄的灶马画儿。那匹“灶马”，当然就是灶王爷的“坐骑”了。

每年祭完灶后，爷爷就会小心地把那张画儿揭下来，放进他房里的那个黑红色的大木箱子里。如今，这张灶马画儿早已不在人间了。如果能留下来，我想，它不仅可以做我的这篇散文的插图，兴许还是有价值的古董呢。

长大后才知道，祭灶，是我国劳动人民的一个古老的风俗。灶王爷，又称灶君、灶神或灶菩萨，是民间所尊奉的一个神灵，因为他能“受一家烟火，保一家康泰，察一家善恶，奏一家功过”，所以家家都很敬畏和尊重他。据说，如果有谁被他在玉皇大帝那儿“告发”了，大错会减寿三百天，小错也要折寿一百日。

多厉害哪!

祭灶神的供品也不限于灶果，有钱的人家还可以用蒸熟的猪头、煎好的全鱼或整只鸡；贫穷的人家也可以只用一碗清水代替灶果。就像那时候爷爷教给我们的一首童谣所唱的那样：“灶王爷，本姓张，一碗清水三炷香。今年小子混得苦，明年再吃关东糖。”

说灶王爷姓张，也是长大后才弄明白的。有的风俗志里还说他“状若美女”。留在我印象中的灶王爷，其实是个挺家常的神。单就他愿意一年四季居留在寻常人家这一点，就不简单。至少我是这么觉得的。

如今，每家每户早已是用煤气灶台代替了传统的柴灶锅台，我怕灶王爷早就无处安身了。实际上，祭灶这个风俗现在也很少见到了。至于祭灶果，如今几乎没有哪个小孩子会知道是怎么一回事儿了。他们大概也从来没有见过灶马画。他们知道得更多的是各种饴糖、果脯和巧克力。这实在是非常可惜而又无可奈何的事情。

我很自豪，我们这一代小时候生活在乡村的人，懂得了一种古老而朴素的风俗叫作“祭灶”。我也常常回味我们小时候的一种甜蜜的记忆，来自那五颜六色的“祭灶果”。至于将来的孩子们，还能不能知道什么叫祭灶，什么是灶王爷和祭灶果，恐怕就很难说了。

长大以后，我又渐渐体会到，祭灶这种民间习俗里，其实还蕴含着一种浓厚的感恩的意味。我相信，怀有这种感觉和感情的人，也不只我一个。诗人邵燕祥先生写过一首诗，写的正是因为“灶马”而引起的一种怀念的心情：

再也听不见灶马的叫声了吗
我奇怪我为什么这么想听灶马叫
是不是我真的不能忘情
那烟熏的墙，昏黑的灯
只是因为掀开盖帘的时候
有一种扑鼻的热气腾腾
揭锅的是亲人粗糙的手
那时候灶马被嘘得叫了几声
贫穷和温饱，灯光和人影
还有饭菜香，混合着灶马的叫声……

压岁钱

百十钱穿彩线长，分来再枕自收藏。
商量爆竹谈箫价，添得娇儿一夜忙。

除了祭灶果，孩子们过年时最盼望的，也许就是压岁钱了吧？

欢欢乐乐地吃完了年夜饭，新年的鞭炮声便此起彼落地响了起来。这时候，全家人便会依着长幼顺序去对着祖先的灵位跪下磕头。

这其实也是一种感恩和致谢的礼俗。给祖先们磕完了头，小孩子还得依次给长辈们，特别是给爷爷奶奶磕头。给爷爷奶奶磕头，是每一个小孩子都很愿意做的，因为磕完了头便可分到压岁钱了。

我清晰地记得小时候向爷爷奶奶讨压岁钱的情景。

先是我们这群小孩子都聚集在正屋里，等到爷爷奶奶在炕头上盘着腿儿坐好了，我们便齐声嚷着：“爷爷奶奶过年好！给爷爷奶奶磕头了！祝爷爷奶奶寿比南山！”

有时，我们拥挤着抢先去磕头时，不小心便会互相撞得小脑袋咕咚一响。但这时候即使再疼也顾不得了。大家都抢先跑到炕沿下，迫不及待地伸出小手高叫着：“压岁钱！压岁钱！”

爷爷奶奶却一点儿也不着急。他们好像是故意磨磨蹭蹭的，从身后的炕头柜里端出那个四四方方的饽饽盒儿，一份一份地拿出事先就分好和包好的小红包儿。那里面当然是早就换好的、崭新的压岁钱了。

钱不在多，但每人一份儿，谁也不偏向。这就够了。我们一旦拿到了压岁钱，便呼啸而散，各自躲到一边数钱去了。爷爷奶奶依旧端坐在炕头上，乐悠悠地心满意足地看着满堂孙子孙女。炕上炕下充满了热热闹闹的天伦之乐。

长大之后，我读到了一首题为《压岁钱》的古诗：

百十钱穿彩线长，
分来再枕自收藏。
商量爆竹谈箫价，
添得娇儿一夜忙。

写的仿佛就是我们孩提时代的情景。我相信，那时候的每一个屋顶下，都有这样一个温暖的家，都有这样一份天伦的温馨。

如今回忆起来，那份满足，那份快乐，真是难以用语言表达。

压岁钱可以由我们自己自由使用，是买摇鼓咚、泥老虎，还是买双排孔的小箫，或者买冰糖葫芦、买炮仗，全凭你自己愿意不愿意。当然，懂事的孩子也可留着春节后上学时交学费用。

如今，爷爷奶奶都已过世多年了。这么多年来，再也没有谁在过年的时候分给我们压岁钱了。这也说明，我们都不再是小孩子了。

那么，就让压岁钱带给我们童年的温馨与乐趣，让压岁钱带给我们的那份充满感恩的回忆，永远地伴随着我们的记忆吧。我知道，生活的脚步，总是要向着新的岁月迈进的。

儿时的除夕

*

外面是一片震天动地的炮仗声，里面正热气腾腾地捞着饺子。

吃年夜饭当然是吃饺子，小时候我一直是这么认为的。而吃年夜饭还有不吃饺子的事，例如在南方的一些地方，那是我长大以后才知道的。虽然自己亲眼见过，但心里仍然不免觉得奇怪：过年不吃饺子，那叫什么过年哪！

我们家乡吃年夜饭一定得有饺子。为什么一定要吃饺子呢？这里面有一个几乎家喻户晓的故事。

从前，有一只叫作“年兽”的怪物，一年四季都住在东海里，只有在除夕之夜才爬上岸来。怪物所到之处，便立刻发生水灾。人们只得在除夕来临之前，纷纷搬到附近的山上去避难。

有一年除夕，人们正在扶老携幼地搬家避难时，突然村里来了一位讨饭的老爷爷。因为大家都在忙着避难，谁也没有工夫去理会他。老爷爷走遍了整个村子，才碰到一位好心的老婆婆。

老婆婆给了他一块饼，并告诉了他这儿所发生的事儿，劝他也赶紧离开这儿。老爷爷听了，却道无妨。他说：“老嫂子，你不用怕，只要你肯让我在这里住一宿，我一定把它赶走。”老婆婆半信半疑地答应了他的要求，自己却仍然躲到山上去了。

半夜时分，随着一阵阵巨大的海浪声，年兽果然又来了。但这次年兽却看到村里竟有一户人家，门口贴上了红纸，院子里灯火通明，门口站着那个白发老头。老头手里正拿着菜刀剁个不停……

这下可把年兽吓住了。原来，年兽什么都不怕，就怕看到红颜色和听到剁个不停的刀声。年兽立刻吓得躲进深海里，从此再也不敢出来危害村子了。

第二天是正月初一，人们从山上回到村里，发现村子安然无恙，都十分惊奇。这时，老婆婆在自己的院子里看见了两把菜刀和一块菜板，门口还贴着大红纸，屋里的油灯刚刚燃尽，而那位借宿的老爷爷，却不知去向了。

老婆婆赶紧把这事告诉了村里人。全村人都猜想，那老爷爷肯定是一位好心的神仙，是特意来替大家消灾降福的，于是便纷纷到亲友家去互相道喜。从此以后，家家户户在除夕这天，都要在门口贴上红纸，也就是现在的春联。而除夕一整天，家家都用菜刀剁馅儿，发出的声音此起彼落，好像都是为了吓走年兽，并且不到掌灯时分便让满屋子里灯火通明，一直守岁到初一清晨……

这当然只是一个古老的传说。但它与劳动人民的喜怒爱憎以及对生活和幸福的美好愿望紧紧地联系在一起了。

在我的记忆里，除夕这天一大早，家家户户便忙着剁饺子馅儿。就连《白毛女》里的喜儿家，那么贫穷也还是要买一点白面，包一顿饺子过个年的。

我记得，那时包饺子，馅儿的品种是很多的。有用驴肉馅儿的，有用兔肉或虾仁馅儿的。一般的人家是用大白菜和猪肉馅儿的。当然也一定要记着剁上一把大葱白。过年的饺子不仅要够年夜里一家人吃的，还要准备初一初二全家人吃的分量。所以除夕这天一大早就开始忙碌，一直要忙到傍黑天。人口多的人家往往要包好几簸箕外加几锅盖儿呢！

包好的饺子一到夜半就下锅。外面是一片震天动地的炮仗声，里面正热气腾腾地捞着饺子。你想象一下那个热闹劲儿吧，这才叫过年哪！

饺子捞出锅来了，先要盛出几小碗来祭奠天地和祖先。在我家，这种仪式通常是由老祖母主持的，我们跟在后头，虔诚地看着她颠儿颠儿地迈着一双小脚，在大门口，在天井里，在堂屋里，一一供过应供的天神、地神和祖先，然后一家人便可以围坐在炕上吃这团圆年夜的饺子了。

最有趣的是，我们那儿过年包饺子还有个讲究，就是事先要准备用开水烫过的硬币、大红枣儿、糖丸儿各十二个，分别包成十二个钱饺、枣儿饺和糖饺，分散在那一大碗一大碗的饺子里。谁先吃到这种饺子，谁就是有福的人了，来年肯定会有好运气。而一旦吃到这种饺子，往往都是不出声的，只是像哑巴吃汤圆那样，自己心里有数就行了。但看脸色别人也就知道了，于是便有一片恭喜声。记得祖父在世时，一吃到钱饺，便会往我的碗边“当啷”一扔，那声音真是妙不可言。

长大了我常常想，在这过年吃饺子时的异想天开的趣俗中，包含着老一辈人的多少取悦祖先、祈求好运的良苦用心啊！谁能说这不是一种文化呢？生活在城市里的孩子们，怕是享受不到这种乐趣，也领会不到这种乐趣的，未免太可惜了。

胶东童谣小忆

*

传统童谣和儿歌也被称为“母歌”。

我小时候在故乡胶东半岛的小山村里生活，大部分时光，是和祖父、祖母生活在一起的。祖父是一位老护林员，一生勤俭劳苦，对我影响很大。那时候胶东农村很多地方还没有电灯，只用煤油灯或豆油灯照明。北方冬天的夜晚很长，乡下睡觉也很早，所以每到冬天的夜晚，有时也会在夏夜乘凉时，我就会缠着祖父、祖母给我讲故事。他们能讲很多民间故事。记得六七岁时，祖父用韵语给我出过一组谜语：

上山直溜溜，
下山滚粿馏，
摇头梆子响，
光洗脸不梳头。

每一句要猜出一种动物。“粿馏”是个方言词，是老家胶东的一种用红薯面、玉米面或黄豆面混合做成的窝窝头，是日常食用的“粗粮”。四种动物分别是狐狸、野兔、驴子、猫。这个谜语我至今记得。

小时候在胶东乡下听到过、念诵过的一些童谣，长大后也一直没有忘记。有的句子记得不大准确了，我就请老家的老人或当年一起玩耍的小伙伴帮着回忆了一下，重新记录了下来，现撮录部分在此，谓之“小忆”。

肚子疼，找老熊

肚子疼，找老熊。
老熊不在家，
快去找老魃。
老魃在家磨刀子，
吓得小孩好好的。

小时候，每次肚子疼，祖母就会一边给我轻轻地揉着肚子，一边唱起这首儿歌。老熊，老家也叫“熊瞎子”；老魃，有的写为“老疤”，是传说中的鬼魔。老熊和老魃，都是大人们用来吓唬天黑了还不肯回家、还在外面疯野的小孩的动物。

燕子姐，燕子妹

燕子姐，燕子妹，
给你一床小花被。
冬天不要走，
就在俺家睡。

燕子是候鸟。秋风起了，天气凉了，燕子们就会迁移到温暖的南方去过冬。经过一个漫长的冬天，到第二年春天再飞回来。燕子们的记性好，无论它们迁飞多远，每年都能返回自己的旧居，找到熟悉的家门，然后继续使用去年筑好的旧巢。在胶东，燕子肯来自家屋檐下做巢，被农家看成是吉祥的兆头。小孩子更是盼着燕子来自家屋檐下筑巢。燕子从南方飞回来的时候，“俺们的春天”就又到来了。

小老鼠，上炕沿

小老鼠，上炕沿，

偷扇小瓢挖白面。

擀大饼，捣大蒜，

辣得老鼠一身汗。

这是一首带有戏谑意味的逗趣儿歌。胶东农家大多喜欢睡硬炕，炕沿，就是炕边的意思。

小孩小孩你别哭

小孩小孩你别哭，

娘去给你打老虎。

小孩小孩快点睡，

娘来给你盖床被。

这是胶东老家的一首哄小孩睡觉的儿歌。我小时候听过两个“版本”，姥姥唱的和祖母唱的并不一样，姥姥唱的“版本”更简单一些：“小孩不要哭，娘去打老虎。小孩好好睡，娘给你盖花被。”

小鸭子，上碾台

小鸭子，上碾台，
望望媳妇来没来。
来啦，来啦！
骑着马，抱着孩，
穿着大花鞋。

这是一首带有戏谑和逗趣意味的儿歌。胶东农村，几乎每个村头都有一座碾屋，用来碾磨粮食。有碾屋，当然就有碾子和碾台。鸭子，老家方言叫“巴巴”，所以，这首儿歌第一句也叫“小巴巴，上碾台”。

我家有个哭夜郎

天皇皇，地皇皇，
俺家有个哭夜郎。
过路君子念三遍，
一觉睡到大天亮。

小时候在村里，时常在一些树干和胡同口的石墙上，见到贴有用黄纸写的这样一首儿歌。这是一种迷信的做法。谁家有喜欢整夜哭闹的小孩子，就会采用这种方法，以求得小孩能尽快安静下来。“哭夜郎”，有的版本也作“夜哭郎”。

小巴狗，上南山

小巴狗，上南山。
吃金豆，拉金砖。
你打火来我抽烟，
你点炮仗我放鞭。

这也是一首逗趣的儿歌。一般都是爷爷、姥爷和爸爸喜欢唱的，所以有“你打火来我抽烟”的句子。胶东农村称小狗叫“小巴狗”。

拉大锯，扯大旗

拉大锯，扯大旗，
割倒姥娘家门口大槐树。

开面板，做衣橱。

穿红袄，穿绿裤，

吹吹打打娶媳妇。

这一首和后面的一首《拉大锯，割大槐》，都是游戏儿歌。两个小孩学着大人拉大锯锯木板的样子，紧紧拉住对方跷起的手指，你推我拉，边拉边唱。在胶东农村，“割”字发音为“嘎”。

拉大锯，割大槐

拉大锯，割大槐，

割到姥娘家门外。

姥娘不管饭，

偷着抓把盐。

盐巴齁齁咸，

买个火烧解解馋。

这是另一首模仿大人拉锯的游戏儿歌。“齁齁咸”，非常咸的意思；“火烧”，就是烧饼，胶东方言读作“火烧（shòu）”。

爱哭精

谁是爱哭精？
爱哭精是谁？
干哭不掉泪儿，
麦子不绣穗儿。
干哭不掉泪儿，
吃饭没滋味儿。

村童们把爱哭的小孩特别是一些娇气的小嫚嫚（小女孩）叫作“爱哭精”。小嫚嫚受到了顽皮孩子的欺负，无论是真哭还是假哭时，小伙伴都会唱着这首儿歌逗她，直到她破涕为笑为止。

蜻蜓落

蜻蜓落，蜻蜓落，
给你个板凳坐一坐。
蜻蜓高，蜻蜓高，
看我打断你的腰。

小时候，每逢夏日雨后傍晚，谷场上和小院里就会飞过许多的红蜻蜓。小孩们喜欢举着一根小小的干树枝，呼唤蜻蜓降落下来。这是呼唤蜻蜓降落时唱的儿歌。有的蜻蜓千呼万唤就是不肯降落，而且越飞越高，小孩不耐烦了，就有了后面的一句。

大雁大雁摆瓦碴

大雁大雁摆瓦碴，
回家找你二妈妈。
大雁大雁摆不齐，
快点回家找你姨。
大雁大雁飞得快，
吃着饽饽就着菜。

村童们在田野或山冈上，一见到在空中排着队迁飞的大雁，就会仰着头，一边张望一边唱起这首儿歌取乐。“瓦碴”，瓦片的意思。大雁在天上一会儿排成“人”字形，一会儿排成“一”字形，就像小孩在地上玩摆瓦片的游戏一样。“吃着饽饽就着菜”，是过去的贫困年代里农村小孩的“理想生活”。

螃蟹螃蟹快上钩

螃蟹螃蟹不要躲，
快来这里歇一歇。
螃蟹螃蟹快上钩，
螃蟹螃蟹爬满篓。
螃蟹螃蟹最听话，
大蟹小蟹往外爬。

我的姥娘家在海边。小时候经常去姥娘家，跟着大人去赶小海。这是海水退潮后，背着小鱼篓，在滩涂上钓螃蟹时唱的一首儿歌。

老鸹老鸹转一转

老鸹老鸹转一转，
给个小鸡看一看。
老鸹老鸹扭一扭，
给个小鸡瞅一瞅。
老鸹老鸹摆一摆，

给个小鸡逮一逮。

这是小时候和小伙伴一起玩“老鹞叼小鸡”游戏时，唱的一首游戏儿歌。家乡把老鹰叫“老鹞”，这个儿童游戏各地都有，大多称为“老鹰捉小鸡”。

葫芦花，葫芦蛾

葫芦花，葫芦蛾，
打下麦子蒸饽饽。
饽饽好吃麦子少，
留个饽饽给爷爷。

夏天傍晚，墙头上开满白色葫芦花。小孩掐下一朵葫芦花捏在手上，一会儿就会引来白色的葫芦蛾。葫芦蛾把长长的触须伸进葫芦花蕊里吸食花粉，小孩轻轻一捏葫芦花，就捏住了葫芦蛾。这首儿歌写的就是这种童年小景。胶东方言里，“饽饽”就是白面馒头。

花鸦鹊，尾巴长

花鸦鹊，尾巴长，
将了媳妇忘了娘。
把娘背到山坡上，
媳妇坐在热炕上。

花鸦鹊，尾巴长，
将了媳妇忘了娘。
谁家小子没良心，
快把恁娘背回炕。

这是一首教育小男孩长大了要孝顺自己亲娘的儿歌。胶东方言里，“鸦鹊”，就是喜鹊；“将”，娶的意思，“将了媳妇”就是“娶了媳妇”；“恁”读 nèn，“你”的意思。

小巴狗，赶店集

小巴狗，赶店集，
买个辣椒当鸭梨。

咬一口，怪辣的（念 dì），
往后再不买带把儿的。

这是一首带有戏谑意味的逗趣儿歌。胶东农人把小狗叫作“小巴狗”。“店集”是老家方圆十几里内最大的一个集市，在店集镇上。

梢麦甲，一头灰

梢麦甲，一头灰，
求着蹬大山去说媒。
说的谁？
说的豆虫家二妹妹。
亲事没说成，
媒人噘起嘴。
都怪蝈蝈捣了鬼，
害得蹬大山跑断了腿。

这是一首带有戏谑和无厘头意味的逗趣歌。“梢麦甲”和“蹬大山”都是胶东方言里蚂蚱的别称，前者是体形细长的灰绿色蚂蚱；后者是体形肥胖硕大、后腿蹬踏有力的大蚂蚱。“豆虫”是幼年时生活在黄豆棵上的一种虫子，成年后会钻入地下，慢慢化为蛹子。

小老鼠，上灯台

小老鼠，上灯台，
偷油吃，下不来。
叫他姥娘背下来，
姥娘说：“活该活该真活该！”

这是胶东一代代小孩都熟悉的一首儿歌。不同版本里的个别文字略有不同，但儿歌的意思是相同的。

摔哇哇

东南风，西南风，
我的哇哇最大声。
吹口气，挥挥膀，
我的哇哇好大响！

村童小伙伴们用水和泥做成小碗状的泥玩具，叫“哇哇”，互相比赛谁摔的哇哇声音最响，而且最好是碗底爆破出了一个大洞，小碗四周的边边却能完整无损，这个儿童游戏叫“摔哇哇”，有的地方也叫“摔碗碗”。

蒸粜馏

小公鸡，上门楼，
大娘家里蒸粜馏。
俺去耍一耍，
大娘给俺俩。

粜馏，是用地瓜面、玉米面等混合蒸出的窝窝头，虽属“粗粮”，但在饥饿的年月里，也足可充饥。儿歌里表达了贫困农村里小孩总想着填饱肚子的心愿。

谜语歌

一棵小树不算高，

上面结着杀人刀。

草棵棵，溜地跑，
开黄花，结元宝。

一棵小树五个杈，
杈杈长个小蛤蜊。

一棵小树两半子，
中间夹个黑汉子。

一个小圆盒儿，
里面装了个扑啦蛾。

这是小时候记住的一组谜语儿歌，谜底依次是豆棵、花生棵、手巴掌、铡草刀、口和舌头。胶东方言里，“蛤蜊”读作gala；“扑啦蛾”，就是蛾子，“扑啦”是形容舌头像蛾子一样灵活的意思。

汪曾祺先生写过一篇《童歌小议》，其中说道：“旧日的儿歌无作者，大都是奶奶、姥姥、妈妈顺口编出来的，也有些是幼儿自己编的，是所谓‘天籁’，所以都很美，美在有意无意之间，富于生活情趣，而皆朗朗上口。”他认为，幼时的童谣是一个人最初接触的并且影响到他们毕生艺术气质的“纯诗”。

对此我深有同感。因此我也期望，今天的年轻的爸爸、妈妈，都能够尽量给自己的孩子多教几首美丽的老童谣，使孩子们从短短的童谣中感到一份生活的情趣和人间的爱心，并以此影响到他们今后的个性和气质。传统童谣和儿歌也被称为“母歌”。幼童们在接受了最早的“母歌”之后，才循序渐进，方开始接触儿童文学作家们创作的新儿歌和儿童诗。

中国古代大教育家孔子早就告诉过我们，“不学《诗》，无以言”。意思是说，如果从小不能学会读《诗经》，读诗歌，那你长大了，恐怕连话都说不好呢！更何况，无论是从古老的《诗经》还是传统的儿歌、童谣里，还能懂得许多草木鱼虫的知识，学到丰富的自然科普知识、生活的经验和做人的道理呢！

无论是在中国北方，还是江南，都有一些世代相传的、经过了漫长的岁月和无数代孩子念诵的老童谣，至今依然常读常新、经久不衰。小孩子从这些儿歌和童谣里感受和体会到了我们的汉语之美，进而去热爱自己的母语。这些童谣伴随着一代代孩子度过了纯真的孩提时光，优美的韵律也将永远回响在每个人遥远和亲切的记忆深处，成为他们一生最难忘的忆念与最温暖的怀想。

心上的河流

奖 状

——— * ———

那些奖状，妈妈总在每年过年的前几天，把它们依次钉到墙壁上，旁边配上别的年画。

在《卓娅和舒拉的故事》里，卓娅和舒拉的妈妈回忆自己送孩子们上学的情景时，这样写道：“第一次把自己的孩子领到学校的那一天，是每个母亲一生所记忆的日子中最美好的日子。所有的母亲一定都会记着那一天。”

卓娅和舒拉是幸福的，他们有一位值得自豪的好妈妈。我也有一位好妈妈。虽然她很早就离我而去，但她却永远活在我的记忆里和心灵中。

我上学念书那年已经八岁，可我实在不记得妈妈送我到学校那天的情景了。如果妈妈现在还活着，我一定要问问清楚的，我相信妈妈一定会记得。我努力地想啊，唯一能够想起的是，当时我有一个很漂亮的花书包，那是妈妈用从街坊邻居家讨来的各色花布边角料拼做而成的。书包里装着一块崭新的带小木框的石板，另有一小捆白色的细石笔——那是妈妈用卖鸡蛋的钱从集镇上为我买回来的。而我的一套崭新的“学生蓝”制服的前襟上，有妈妈为我别上的一块蓝手绢儿。我想，当妈妈牵着我的手迎着朝阳走向学校时，妈妈肯定是又自豪又依依不舍——她或许正在担心，今天，她把自己心爱的儿子交给了世界，明天，这个世界将会还她一个什么样的人呢？而我当时的神态，一定是又得意又有些惶恐的吧。

应该说，我在家乡小学念书的五年时间里，自始至终被每一位老师及村里的大爷、婶婶们视为勤奋用功、好学上进的“好孩子”的。

且不说我从一年级到五年级，都是班上的班长或学习委员吧，也不说我的学习成绩总是我们班级乃至我们整个学区的第一名或第二名，更不用说我还是我们那一级的第一位由老校长亲自给佩戴上了红领巾的学生，并且三次代表学校出席了学区的“三好学生”代表大会……单是我每年放寒假时领回来的奖状，就足令许多家长和小伙伴钦羡不已了。

我记得，我第一次领到的奖品，除一张奖状外，还有一张最新的毛主席像和一个漂亮的硬面笔记本，我把它们交到妈妈手上时，妈妈高兴得流着泪把我紧紧地拥进怀里。妈妈在村里一向善良、贤淑和要强，当时她把我看了又看，抚摸了又抚摸，说我是一个争气的孩子。

那些奖状，妈妈总在每年过年的前几天，把它们依次钉到墙壁上，旁边配上别的年画。正月间，凡来走亲戚的人，尤其是一些长辈，都会看到它们，并无一例外会啧啧称赞我有出息。妈妈从中默默地感到极大的安慰。可以想象，在妈妈的心中，一定浮现着我的灿烂的前程。过了正月十五，妈妈又会小心翼翼地把那些奖状一一取下来，用旧报纸卷好，放进我们家那个大红漆的木箱子里，第二年年关时再拿出来……

妈妈是生长在海边的渔家女子，一向以能干而赢得村里长辈的夸赞和晚辈的尊敬。春种秋收，为了地里的庄稼，妈妈早出晚归，从来不让队里的人说闲话。现在，站在我心海里的妈妈，仍然是这样的形象：衣襟上沾着泥土，头发上落着麦芒与草屑，蓝布衣服汗湿得泛起一层白碱……但她却把我们兄妹几个收拾得干干净净、利利索索。对于村里的孤苦饥寒，妈妈总会尽力周济，即便是素不相识的过路人、逃荒者，她也无不热心相助，诚心实意。

我还记得有许多个冬天的黄昏，妈妈站在晚星升起的旷野上，呼唤我们回家加衣裳的情景：晚风吹起妈妈的衣襟，吹乱了妈妈的头发，妈妈的脸上却充满了对我们疼爱的微笑与嗔怪……

是我 12 岁时的那个冬天吧，柳芽儿正在返青时，我独自提着空空的小篮子，在冰雪消融的大青山上奔跑着……

贫穷、艰辛、饥饿的年月，竟使得一向身体强壮的妈妈病倒了！我是在为病中的妈妈寻找那刚刚发芽儿的苦苦菜。我几次听见妈妈在半夜里对奶奶说："真想吃一顿大青山的苦苦菜啊……"

在那整个漫长的冬天里，我的心中总是怀着这样一个信念：春天到来的时候，妈妈的病就一定会好的，那时我们大家也都会好起来的！为此，我常常一个人背着家人，冒着大风雪跑到郊外，仿佛在聆听、在等待，从冰河那边、从大青山那边传来的春天的脚步声……

但是有一天，当我提着半篮子苦苦菜从风雪黄昏中回到家里时，妈妈却永远地闭上双眼了。她死前竟没能看上一眼亲爱的儿子！她的枕边放着我的小学班主任送来的我刚刚获得的奖品和奖状——一个蓝皮笔记本和一双白色的运动鞋。

从此以后，不公正的命运把过去的岁月所留下来的，我的个人生活和未知前程的最后的退路——和亲生妈妈相濡以沫的联系，彻底地切断了！在我离开这个世界之前，我将永远是一个没有妈妈的人了。人间冷暖，世态炎凉，我既不能诉说于妈妈的耳畔，也不能求妈妈再爱我一次，给我更多的温情、慈爱与鼓励了。

唯有妈妈生前看到过的那些奖状——这是妈妈生前的安慰和死后的希望——还曾一度完好地保存在那个大红漆木箱里。我们都不忍去翻动它们。

有一年夏天，我从遥远的鄂赣边城第一次回到阔别多年的胶东故乡。我独自踏上记忆中的大青山古道，几乎是拨开遍山的荆棘和没膝深的荒草，才找到了野草蓬蓬的妈妈的坟墓。我忍不住跪倒在这荒草丛中号啕痛哭。

年年柳色，年年秋风，年年雁过草枯。跪在妈妈的坟前，我点燃了积攒多年而未捎给她的纸钱，片片纸灰像记忆的黑蝴蝶，绕着妈妈的坟头飞旋……

我用双手拔去妈妈坟边的野草，又捧起新土为妈妈覆盖着这永久的居处。我想象着，妈妈可能并未安睡，而是在这里等待着我，等待我来领她回家；我同时也想到，今生今世，无论我走到哪里，无论命运还会把我抛向何方，妈妈都将永远与我同在！她将总是默默地站在我的背后，站在我的生命和灵魂最醒目的地方，时时刻刻注视着我，期待着我，并且以她的善良、正直和刚强，使我的生命透出对我正在从事的事业的全部热情、执着和信念！

——除此之外，我想，我还有什么更值得自豪的呢？

心上的河流

*

那是最好的年月，那又是最坏的年月；那是希望的春天，那又是失望的冬天……

一

我念小学时的学校，叫北小峨小学。只要有人悄声细语地说到胶东，或者看到任何一本哪怕是轻描淡写地提到胶东旧事的书，我就会立刻想到，坐落在这个小小的轮子般的村庄里的我的母校。正如一首古老的歌中所唱的，“无论走到哪里，都把你想望”。

我们的村庄，被一条蓝莹莹的小河环绕着。这是一条没有名字的河流，不叫“还乡河”也不叫“柳叶河”，虽然我常常在自己的诗歌和散文中用这样的名字来称呼它。

从遥远的童年一步步走到生命的中途，经过了多少岁月的风雨和世事的烟尘，多少的景象与悲欢都被默无声息的时光的流水冲洗而去，永不再来！唯有这条河流，却一直涓涓不断地流淌在我的心灵和记忆的旷野上。清冽而温婉的流水，注入我的生命和感情，汇合在我的血液里，与我的热情共存，与我的忧愁与欢乐同在。

同所有那时候乃至现在的一些乡村小学校一样，我们的教室是低矮、简陋的。土砖垒成的两个墩子上面铺一条长长的木板，这就是我们的课桌了。石板放在课桌上，书包吊在我们各自的脖子上。小小的黑板挂得很高，黑板前的一张白木小桌上，放着一支新削好的长长的槐树条，它的学名叫“教鞭”。没有带玻璃的门窗，透过那小小的格子窗棂，我们依然可以看到外面晴朗的天空，看到校园里一排排新栽的小杨树，听到那树上鸣响着的夏日的蝉声。再远处，就是那条在阳光下淙淙流淌的美丽的河流了……

——说得阔气与浪漫一点，它便和我们的校园一起，成了我童年时代美丽的憩园，一切的寂寞、欢乐和忧伤的镜子。清亮的河水里，流淌着我生命里最初的牧歌，宽厚而温暖的河滩上，深埋着我童年的梦想——我的沙土城堡和乘着纸船去航海的梦。

好吧，我就这样开始我的学生生涯了……

二

我的第一位老师名叫徐巧玲，她是我们本村的一位回乡高中生，瘦高个儿，白皙的皮肤，扎着两根黑油油的长辫子。她成了我们三十多个乡村孩子的共同的姑姑、大姐姐和班主任老师——或者也可以说，她是我们大伙儿的保姆了。

那是艰辛、贫穷和寂寞的年月。我们共同的日子，正如同许多年后我所读过的一本外国小说里所写的那样：那是最好的年月，那又是最坏的年月；那是希望的春天，那又是失望的冬天；我们有一切在我们的前面，我们又一无所有在我们的前面……知识，对于我们这群野孩子来说，好像是不那么重要的。我所能记住的是，我们从此过上了一种小小的集体生活，一颗颗年幼的心，在黯淡和寂寥的季节里，萌发出了各自小小的欢乐与温情的绿叶。它们是我潮湿的记忆中永远不会生锈的金子。

春天里，我们在自己填平的小操场上赛跑、做游戏。一到星期六的下午，巧玲老师就带领着我们涉过小河，到山坡上去帮大人们为越冬的小麦苗追施农肥。夏天，我们每人挎着一个小篓子，去麦收后的田野上拾麦穗儿。休息时，我们便列队为大人们唱歌，或者表演快板书和对口词。巧玲老师自编了通俗易懂的歌词，再配上人人熟悉的《八月桂花遍地开》或《大红枣儿甜又香》的曲调，我们便郑重其事地一个节目接一个节目地表演开来，并且不时地赢得阵阵欢呼和喝彩。

秋天里，庄稼收获完了，我们又会排着队去进行一次“小秋收”：捡花生、挖半夏和成熟的臭瓜根，也到高高的大青山上去摘松果。花生交给队里作贡献，半夏和臭瓜根晒干了卖给公社的中药店，换来的钱用来买连环画摆在教室的小图书角里。松果呢，就留做我们过冬烤火的柴火吧。

我们当然最愿意到大青山上去采摘松果了。男孩子可以攀到高高的松树上，显示自己的勇敢无畏，女孩子可以吃到新鲜喷香的松籽儿。而且我们一起站在高高的山巅上，还能够远远地望见湛蓝的天空下一片白得耀眼的大海，看到缓缓移动的银色的帆影……巧玲老师告诉我们，山那面是大海，而大海的那面又是高山。我们便问：那么，天到哪里才是尽头呢？老师说：孩子们你们快快长大吧，长大了就会明白的……

冬天说来就来了。好大的西北风啊！所有的杨树和槐树一夜之间就掉光了叶子，紧接着就落雪了。雪落在高高的大青山上，落在村边一个个金色的草垛上。雪一夜之间也就盖住了我们整个村庄。我们的小操场上也是一片银白。这样的天气我们是不出门的，我们小教室的门窗总是用旧报纸糊得严严实实的。我们在教室里大声朗读《从百草园到三味书屋》。巧玲老师大清早就为我们生好了炉子，整个教室里暖烘烘的，只有外面的大风雪在怒吼着，一会儿来推推我们的纸窗，一会儿又来拍拍我们的大门，然后叹息着走远了……我们袖起手大声地背书，一天里不知道要背多少遍。一篇《海燕》也会让我们背上整整一个冬天。后来在大学里重读《海燕》，那最初的情景——小学校里的环境、天气，老师的神情、语调，以及当时的感受，都会同时清晰地涌上心头，像无声的影片一样，一幕幕地放映起来……

记得上五年级时，我的一篇题为《大风中的泡桐树》的作文，曾被巧玲老师拿去在每个教室里朗读过，而且还被邻村南小峨和前集的小学拿去当成了“范文”。作文里写的是我家门前新栽的一排青青的小泡桐树。至今我还记得其中有“泡桐树叶被大风吹动着，好像小河上泛起的波浪，一翻一翻的，格外好看……”的句子。我想，如果这些小树今天还在，那么它们该都是实实在在的栋梁之材了。然而它们没能活下来，它们被一群民兵砍了去当成练刺杀的工具了。

啊，总是难忘，总是怀想。我知道我所留恋和怀想的，是我那时候的一颗纯朴的童心，是在艰辛的日子里所萌生的一些微弱的神往和梦想。这种神往和梦想正如同那时候的饥饿和寂寞一样，伴随着我，仿佛一对形影不离的伙伴。

三

我在小学时的老师，除巧玲姑姑外，还有一位王校长。

王校长是从一所联中调到我们村的，住在村东头的那栋旧庙里。王校长多才多艺，吹拉弹唱，样样在行。他的字在我们那一带远近闻名。每到年关的时候，全村每家买来的大红春联纸都送到他这里来。放寒假的前几天，我们做学生的都成了为他按纸磨墨的书童。他写得一手漂亮而流利的“柳体字”。那时我们都跟着他学习写柳体字。大红纸按照每家的要求裁好了格式，大门联归王校长写，而那些诸如贴在米缸上的“五谷丰登”，贴在衣箱上的“衣裳满箱”，以及贴在窗户边的“抬头见喜”等小红条幅，就归我们这些做学生的来写了。我们的字可能写得不太好看，但我们的心是诚实而端正的。在我们那样的小村里，一家的欢乐几乎也就是公共的欢乐，每家大人来取春联时，我们总会赢得一片“名师出高徒”的赞语。这时候，王校长就一个个地看着我们说：“以后全凭孩子们自己的造化了！”整个村庄内外充满了过年前的令人喜悦的气氛。平日里邻里之间、孩子与孩子之间偶尔的不快，也都在这喜庆的气氛中化解了。

王校长住在我们村里，每家轮流着吃派饭。那时候差不多家家的日子都不宽裕，实在拿不出更好的东西给王校长吃。但我们做学生的和家长们的心思一样，都盼着他能早些安排到自家里来。记得有一次，终于轮到王校长来我们家吃饭了，我便冒着大风雪，跑到十几里外的外婆家去，向外婆要了几瓢白面和一些鸡蛋。我背着它们赶到家时，天已黑了。王校长已经笑眯眯地坐在我家炕头上，和我妈妈在拉着家常话了。他夸赞我妈妈做的玉米饼子松软好吃，也夸赞我在学校里很争气很用功，还说鸡蛋就留着日后卖掉给孩子买双白球鞋吧。因为那时候，我们学校每天早晨天蒙蒙亮时，都要起来集合进行越野赛跑。这是我们小学里传统的体育项目，有不少大哥哥跑步时小腿上还绑着沙袋呢！王校长离开我们家时，拍着我的光头说："好小子，好好用功啊，你看你有一位多好的妈妈！"妈妈一直送王校长走出胡同口。

王校长还会剃头。轮到不上课时，他就拿个小板凳放到树荫下，然后一个接一个地叫出长头发的孩子，三下五除二就剃好了一个头。当时只要一看到剃平头的孩子，人家就会知道这肯定是王校长的学生。他像一位好父亲一样管束着我们每一个孩子。有些事管得很严，如夏天是绝对不准我们私自到河里游泳的。有些事却显然是放纵了我们，例如有的孩子放学回家时，偷挖了公社的花生或拔了大队的萝卜吃了，人家告到了学校，王校长总是先向人家赔不是，然后叹叹气说："孩子是饿啊！

吃了就吃了吧，你能让他吐出来吗？”他的严厉的教鞭，也从来没有因为这样的事而落到我们身上。倒是有不少调皮的孩子因为私自到深河里游泳，而狠挨了些他的教鞭的，用他的话说：“看来你是肉皮子痒痒了。”于是他的教鞭就会恰如其分地让那些同学的肉皮子不那么“痒痒”一番。

现在想来，他是那样地疼爱我们，而为了尽可能地宽容和保护我们，在那样的年代里，他是尽了他的能力的。但是，不知道为什么，王校长很快又离开了我们村，到更远的地方去了，听说是到店集的一所中学去了。王校长依依不舍地离开我们村的时候，也正是我们即将小学毕业的日子。

如果王校长现在还活着，也该有八十多岁了。愿这早来的春风，能将我的怀念和祝福带到他的身边。

如果说，环绕着我们村庄的那条无名的河流是奔腾不息、永不枯竭的，那么，那流淌在我心上的一条情感之河，更是涓涓长流，永远清澈不浊的。从这条河流上，我将常常听见那些响彻在我生命和灵魂里的嘱托的声音、关怀的声音和呼唤我的声音……

今生今世，我将怎样来报答它们呢？——我一遍遍地问着自己。

金色的草垛

＊

我所思念的小姐姐，你在哪里呢？

一

这是故乡的一个静谧的杏花之夜。月光透过小窗，洒在我洁净而朴素的小屋里。窗外的金色草垛上，浮动着轻柔的白雾和蓝烟。月光照亮了小路上一团团美丽而安静的积水。

我坐在窗边，阅读着我心爱的帕乌斯托夫斯基的《金蔷薇》。我的目光停留在《夜行的驿车》的最后那段文字上：

“我为我的童话付出了巨大的代价，我要说，是大得过分了的代价。为了这些童话，我断送了自己的幸福，我错过了时机，当时我应当将想象，不管它多么有力，多么灿烂光辉，让位给现实。我的朋友，您要善于驾驭想象，使之用于人们的幸福，也用于自己的幸福，切不要用于悲哀。”

是的，没有谁喜欢悲哀，然而我们这一代出生在乡村的孩子，却都是经历了悲哀，并且从悲哀开始长大的。汉斯·安徒生——这个流浪的、怀乡的、忧郁的丹麦人，你使我又一次清晰地回忆起，我遥远的童年里那些寒冷的冬夜来了。

那是寂寞而贫穷的年月，在胶东大青山腹地的一个风雪弥天的小山村里，在那充满呼呼的风声和冷冷的雪声的冬天的夜晚，在一间窗户被堵得严严实实的小屋里，在一团小小的橘黄色的灯光下，一位美丽而善良的、从城里来的小姐姐，第一次让我听到了动人的安徒生的故事……

二

我清晰地记得，小姐姐和她的伙伴们刚来我们村庄时的情景。

那是一个春天，柳芽儿刚刚返青的时候。大清早，我们跟着王校长，举着我们小学的那面最大的红旗，排着队站在村西的山口上。从那里可以望到很远很远的地方。王校长说，马上就要有一些远方的客人到我们村里来了，他们都是从城里来的，他们是响应号召，到我们村来插队落户的知识青年。

我们等呀等，从大清早等到太阳爬上了大青山顶，一直到了中午，村里又升起白色的炊烟了，我们终于看见，打前站的红旗远远地在向我们挥动。果然，不多一会儿，一辆绿色的大卡车向着山口开来了。我们放开嗓子跟着王校长呼口号，高年级的同学抡起膀子，使劲儿地敲着一面牛皮大鼓，整个山村好像沸腾了一样。

在这二十多位背着被包和书包、提着箱子和网袋的大哥哥大姐姐当中，有一位非常美丽的、扎着羊角小辫的小姐姐，远远地向我们挥动着一条红色的纱巾。

这些城里来的客人，都住在离我家不远的一排新盖的青石小屋里。屋后是一片金色的草垛。我家的草垛也在那儿。从此，金色的草垛边，成了我们这些寂寞而好奇的孩子最喜欢去玩耍的地方。因为在那里可以听到我们从没听到过的歌声和琴声，可以看到那些爱干净的大哥哥大姐姐大清早起来刷牙、跑步、压腿……这一切，对于我们这些乡村孩子来说，都是新奇无比的。而且我已经注意到了，那位喜欢系着红纱巾的小姐姐，常常一个人坐在一个金色的草垛上，不是看书就是写字，有时候也静静地坐在那里望着远处出神。

我不知道，那时候她是不是就是在读安徒生的书。她是在写日记吗？她在想些什么呢？

是不久后的一个黄昏吧，我放了晚学回家，便挎起一个大篓子，到草垛那里去抽草。我看见那位小姐姐又坐在那里看书。

小姐姐看见了我，笑着从草垛上滑了下来："小弟弟，这草垛是你家的吧？"

"嗯，坐吧，不要紧的。"我说。

"我天天都在这里坐一会儿。这干草真香，是麦秸儿吧？"

"嗯。小姐姐，城里也有草垛吗？"

"没有。城里只有公园，公园有草坪啊，长椅啊，雪松啊。你去过城里吗？"

"没去过。我最远就是到温泉镇，和同学一起骑着驴子去的。"

小姐姐一边帮我抽草，一边说："那也好呀！先到温泉，等长大了再到青岛、济南，到北京。你几岁了？读几年级了？"

"十二岁了，四年级了。小姐姐，您看的是什么书？语文吗？"

"语文？"她一听，笑了，"对，也算是语文吧。不过和你们学的语文不一样。这是一本童话书。知道什么叫童话吗？"

"不知道。"

"想知道不？都是很美很美的故事。"

"当然想知道。可我家里一本童话书也没有。学校里也没有。"

"你家是住在那里吗？"小姐姐指了指我家的那三间小屋

说，“小弟弟，放了学，或者晚上，就到我这里来吧，我讲好多好多的故事给你听，好吗？”

我像一个听话的小学生站在自己的老师面前一样，恭恭敬敬地给小姐姐鞠了个躬。小姐姐拍去我身上的一些草屑，抚摸着我的头说：

“谢谢你，小弟弟。你和我家里的那个小弟弟一般大。不知道他现在怎么样了……”

我看见小姐姐低垂的长睫毛下，好像含着泪花。

后来，我便常常到小姐姐那里去。她的小屋收拾得干干净净，床上铺着雪白的床单，墙上还挂着一束很大的麦穗儿。

有时候我们也坐在那些高高的草垛上。不光是我一个人去，有时我也带我的小伙伴去。小姐姐常常给我们一些好吃的东西。

三

设想那些贫困而寂寞的日子吧，那些整天呜呜地刮着好大好大的西北风的冬天里，我们，一群可怜和诚实的乡村孩子，紧紧地围坐在小姐姐的小屋里，围坐在一团小小的灯光下，一边听着外面拍窗打门的风雪声，一边听着小姐姐给我们讲那天方夜谭似的安徒生的故事。小姐姐的声音，和安徒生的故事一起，像炉火一样温暖着我们寂寞而寒冷的心，并且激发着我们那时候的微弱而又可怜的想象力——

那蔚蓝色的、没有乌云和雷声的天空啊，那开满五颜六色的野苜蓿和矢车菊的原野和沼泽地啊……

在密密的芦苇地中间的一条清亮的十字小溪边，美丽的艾丽莎在等待着她的十一个可爱的小哥哥。而善良的小人鱼，却在金色的太阳升起的时候，融化进了大海，化成了令人痛心的点点泡沫，她的歌声在黎明的海面上无声地飘荡……

而那个贫穷无助的卖火柴的小女孩，她死后的微笑就像雪地上盛开的一朵孤独的小花。在遥远的天国里，她能够和亲爱的老祖母团聚吗？她将看见什么幸福的景象呢？

还有神奇的打火匣，还有勇敢的小锡兵，还有变成了天鹅的丑小鸭，还有小小的豌豆公主……

啊，这最早点燃了我们心中的美梦和想象的火花，它只能来自于你——又贫穷又富有、又善良又忧郁的，属于所有梦想着温暖和幸福的苦孩子的安徒生啊！

那么，小姐姐，你就是带领我们这些苦孩子第一次走向安徒生的人了。

也有许多这样的日子，我常常看见小姐姐一个人，或者站在收工之后的小河边，或者坐在旷野上的小路旁，有时就坐在我家那个金色的草垛上，静静地望着快要落山的太阳，一声不响。晚风吹动着她美丽的头发和那条红纱巾，夜色包围着她单薄的身影……

每当这时候，我就会悄悄地走上前去，轻轻地站在她的背后。

小姐姐好像刚刚哭过一样，脸上还挂着晶亮的泪花。

我小声地叫道："小姐姐，你哭啦？"

小姐姐连忙擦擦眼睛，拉起我的手："没有呀！放学啦？怎么不回家呢？可别让你奶奶等急了……"

"我猜你在这里。小姐姐，你在想家吗？"

"想家？"小姐姐望着远处，喃喃地说，"想呀，真想呀！妈妈老了，身体又不好。弟弟来信了，我们住的那个小胡同里的伙伴们，都回家了……"

"小姐姐，你为什么不回家呢？"

"回家？我的小弟弟！回家是那么容易的事吗？"

小姐姐说完便蹲下身为我系好松开的鞋带，又搓着我冻得通红的小手，说："不过也快了，你看见了吧？和我们一块儿来的好几位大哥哥，他们都已经回城了。"这时候，我觉得小姐姐真可怜，好像冬天的树梢上的一只没有家的小鸟，那么孤单。

"小姐姐，我昨天听见你坐在草垛上小声地唱歌了。那支歌真好听！"

“是吗？那是我的一位同学教会我唱的。”小姐姐牵着我的手，一边走一边又低低地唱了起来：“当我漫游在荒野，凝望天边的月亮，我好像看见母亲，在把爱儿想望……”

许多年后，我才知道，这支歌名叫《可爱的家》。

四

天气渐渐变得暖和了。又一个春天来到我们的村庄。

这时候，我也从村里的小学毕了业，进入联中学习了。

就在我念初中一年级的那年，小姐姐要离开我们村回城市里去了。我们都舍不得她走。小姐姐走的那天，我特意请了假回来送她。在那片草垛边，我拉着小姐姐的手，一句话还没说，泪水就流出来了。小姐姐眸子里也噙着泪花。她说：“小弟弟，不要哭，以后咱们还能见面的对不对？我忘不了你，又懂事，又诚实。咱们也是好朋友一场啊！听姐姐的话，不要哭了。”

她从身上摘下一个崭新的、印着红五星的军绿色的书包，说：“这里面有几本我喜欢的书，我想你也会喜欢的。还有一支钢笔，留给你做个纪念吧。一定要好好念书，像那个丑小鸭一样，将来变成咱村的一只小天鹅。会的，姐姐相信你！”

她说着给我擦去脸上的泪水。我使劲儿地点点头，接过小姐姐的礼物。

我觉得我还有好多话要对小姐姐说。比如她以后还会不会到我们村里来？她的妈妈和弟弟都好吗？还有安徒生……

但是车就要开走了，小姐姐扶着我的肩膀说：“回去吧，小弟弟。我忘不了你，忘不了这片金色的草垛，还有咱们的村庄……”

小姐姐上车后又探出窗外，再一次向我们村老老少少的送行的人挥动起那条红纱巾来。她的脸上闪烁着晶莹的泪花……

她走后的那几天，我的心里总是觉得空荡荡的。有时放了晚学，我会不进家门，先到小姐姐住过的那栋小屋边，去望望她那个常常最晚熄灯的小窗。但现在却不见了那灯光，也看不见她那映在纸窗上的或托着下巴沉思、或埋头写字看书的影子了。她常常放在窗台上的一小盆星星草也不见了……

只有那片金色的草垛，依然一动不动地站在夜色里，站在淡淡的月光下。草垛上面好像闪烁着一颗大星。

小姐姐送给我的礼物，是一个崭新的军绿色书包和一支黑色的钢笔。还有一本《安徒生童话选》、一本《普希金童话诗》和一套马卡连柯的《教育诗》。

我夜夜把它们放在我的枕头边。面对着它们，就像面对着小姐姐一样，她的笑容，她的声音，仿佛都在眼前。

又是许多年匆匆地过去了。我也早已不再是一个小孩子了。她当年送给我的书，我一直保留在自己的身边，而且现在仍然放在我的书柜里最醒目的一格上；她当年送给我的那支钢笔，如今我用它来写自己的故事了，而且我所写的每一本书上，都留下了对于她的怀念与感激。

我所思念的小姐姐，你在哪里呢？

遥远的风琴声

*

那嗡嗡颤动的大和弦的旋律，好像从远处的山口涌来的一阵阵和煦的风声。

五十多年前，我正在家乡的村小学里念书。我的记忆里保存着这样一个画面：由一栋古旧的祠堂改成的校舍前，是一块绿茵茵的小操场。春日的小操场上，阳光灿烂。一群纯朴的乡村孩子——我是其中的一个——正紧紧地围坐在一位年轻而美丽的女教师的身边。她在聚精会神地弹着一架旧风琴。那嗡嗡颤动的大和弦的旋律，好像从远处的山口涌来的一阵阵和煦的风声。孩子们正跟着女教师学唱一支古老的歌，那整齐的童声传得很远很远……

这时候，农人们正赶着一群牛羊缓缓地走向村外的山冈，他们听见了从操场上传出的风琴声和合唱声，便不由自主地停下来聆听一会儿。羊群也停在那里，咩咩地叫着……白云缓缓地飘过我们的头顶……

我还记得，我们当时学唱的那首歌好像就叫《春之歌》："啊，春来了，春来了，春来了，它带来温暖也含着微笑。它一步步一步步，追逐残冬，向大地走来……”

这当然要感谢我们的乔姗老师。她是来我们村“插队”的一位知识青年。她留在我记忆里的形象，是非常美丽而和蔼的。皮肤很白，眼睛大而明亮，体质似乎有点儿瘦弱，却没有丝毫的病态。冬天里她喜欢围一条大红围巾，春天里总是系着一条白纱巾。她来我们小学教我们唱歌时，我正好读五年级。我们都喜欢跟她上课，尤其是她喜欢在天气晴朗的时候，把我们带到户外那金色的草地上去上课。

她告诉过我们，她的父亲是济南很有名的音乐教师，她从小就跟着父亲学会弹奏各种乐器。可惜的是，我们的村小学里只有一架老掉牙的老风琴，要是在阴雨天，那嗡嗡的或吱吱的声音，听起来可真像受了潮的风箱的响声。

我到如今也没弄明白，这架老风琴是怎么到了我们村小学的，是什么时候就有的。是买来的吗？是谁捐赠的吗？我后来甚至还猜想过，这说不定是当年日本人从我们家乡撤走时留下来的呢！

就是这么一架旧风琴，却是五十多年前我们整个学区里的一件了不起的宝贝。邻村的好几所小学里都没有风琴。他们充其量只有一把胡琴。没有风琴，不知道他们的音乐课是怎么上的，大概只有跟着老师“清唱”了。

而我们的音乐课却是有风琴伴奏的。乔姗老师会唱许多歌，能弹出许多好听的曲子。记得当时学会的歌中，既有《快乐的节日》（“小鸟在前面带路，风啊吹向我们……”）、《让我们荡起双桨》、《听妈妈讲那过去的事情》等歌曲，又有像《毕业歌》《长城谣》《小号手之歌》《红星照我去战斗》这样的不同年代的电影插曲。还有一些更老的歌和一些外国歌，是我们时隔多少年之后才知道的。

这些歌，有的当时能够理解，有的却是似懂非懂的。好在它们的旋律都很优美，它们成了我们这些乡村孩子最早的音乐启蒙。现在想来，它们的感染力实在是了不起的。

多少年了，无论在哪里，只要一听到这些熟悉的旋律，我的脑海里立即就会浮现出我们当年的小学校和小操场的模样，浮现出乔姗老师闭着眼睛按着风琴、长久地沉浸在她的和弦之中的形象，还有我的同学们，一个个认真地张合着嘴巴，一句一句很投入地学唱的样子……

是的，当我想起这些的时候，唱歌时的天气、环境和温暖的感受，都聚拢到了我的身边，仿佛童年重临于我的心头。

罗曼·罗兰曾经写到过，他小说里的主人公、音乐家克里斯朵夫在风琴声里对于大自然的感受：“倾听着看不到的管弦乐队的演奏，倾听着昆虫在阳光下激怒地绕着多脂的松树的轮舞时的歌唱，他能辨别纳虫的吹奏铜号声，丸花蜂的大风琴的钟声一样的嗡嗡声，森林的神秘和私语，被微风吹动的树叶的轻微的颤动，青草的温存的簌簌声和摇摆，仿佛是湖面上明亮的波纹的一呼一吸的荡漾，仿佛听到轻微的衣服和亲人的脚步的沙沙声……”

约翰·克里斯朵夫是具有音乐的耳朵和十分美妙的艺术想象力的艺术家。而我当时虽然不善于歌唱，也缺少那种敏感和丰富的想象力，但也不能否认，那动听的风琴声和整齐的合唱声，也确实为我沉睡和懵懂的心灵打开了一扇扇透亮的窗户。歌声和斜阳，琴声和草地，还有白云、羊群、远山……这一切都增添了我的愁思，濡染着我对世界最初的理解和感受。

是的，对生活、对我们周围一切的诗意的理解，这便是童年时代，尤其是这遥远的风琴声，所给予我的最伟大的馈赠。而且所幸的是，经过了这么长的岁月的颠簸和淘洗，我不但没有失去这个馈赠，相反，倒越来越觉得它们的伟大与珍贵了。或许，正是它们，教会了我如何去认识人生和热爱生活。

但也不是没有遗憾的。当年，乔姗老师不仅教我们唱会了许多美丽的歌，而且还手把手地开始教我们弹风琴了。我还记得，每当要上音乐课了，我们都会争先恐后地跑到学校那唯一一间教师办公室里，把那架可爱的老风琴轻轻地抬到我们的教室里或草地上。六七个人抬着它，小心翼翼地就像抬着一位娇贵的新媳妇一样。

乔老师从最基本的脚踏、手按的动作教起，我们每个人学得都极其认真。虽然我那时总是把“哆、来、咪”念成阿拉伯数字“1、2、3……”，但毕竟是已经开始了第一种乐器的学习。如果就此认真地学习和发展下去，到我青年或成年之后，说不定已经具备相当的音乐修养和演奏技能了呢！可惜的是，我们仅仅跟着乔老师学了一个学期的风琴，便到了小学毕业的时刻。乔老师也没能听见我们这些做学生的亲手按出略成曲调的风琴声，倒是先听到了我们齐声合唱的忧伤的“骊歌”。

从此以后，我在音乐上便如过早地断了奶一般，再也没有得到更好的学习机会，以至于到今天，在音乐素养上，真正成了先天不足，原原本本地还停留在乡村小学五年级的水平上。这是令人唏嘘不已而又无可奈何的事。倘若今天乔姗老师在远方有知，我想这也许是最让她失望和感到痛心的事吧。

记得小学毕业前夕，整个学区还曾组织过一次规模较大的歌咏比赛。我作为学校的合唱队员之一参加了这次比赛，而且站在最前面的一排。我们个个都穿着清一色的学生蓝裤子，上衣是雪白的衬衫，系着鲜艳的红领巾。乔老师在一侧按着风琴，我们跟着琴声张着小嘴巴使劲儿地唱着，那认真的样子，可想而知了。记得当时还照了相的，作为纪念，我们参加合唱队的同学每人都得到了一张纪念照。这张黑白的大照片我曾一直保存在身边，直到1982年。令人痛心的是，那年秋天我大学毕业回家的途中，丢失了一纸箱书籍，里面就夹着这张照片。

“遥遥天涯边，芳草知几株。不见春风至，秋雨又满湖。”

岁月悠悠，逝川滔滔，要丢失的，终归是要失去，任你怎么收集和保存，也是白搭；而值得留存下来的，即使你自己不经意，无言的时间多少也总会为你留存下来一点点的。就像这三十多年前的风琴声，童年时代唱出的歌声，它们隐隐约约，断断续续，总是撞响在我的心中。风，吹不散它；岁月的巨剪，也剪不断它。

华老师

*

一晃这么多年过去了，我常常怀着感激的心情想起华老师来。

一

我在本村的小学念五年级的时候，一天，忽然听说有一位大学生，因为犯了什么错误，被下放到我们村接受“劳动改造”来了，就住在村东头那个破旧的、阴森森的关帝庙里。

那个破庙，以前很少有人敢进去，更不用说住在里面了。听说那里头常常“闹鬼”。有人甚至看见过堂屋的红木梁上，还挂着“吊死鬼”结着活扣的绳子。有好些日子，我们放了晚学，常常怀着好奇心远远地朝那里张望。

但除能看见一段连着“闹鬼”的屋子的破砖墙，还有一块长满了高深的蒿草的空地外，便什么也看不见。我曾听爷爷说过，那块空地，是当年日本兵的马号，那些蒿草长得比断墙还高。有时往里面扔几块砖头，便会从那密密的草丛里“哇哇”地惊飞起几只吓人的黑色大鸟，像老鸦，也像被称作“鬼鸟”的夜鹰……每当此时，我们便会吓得各自撒丫子逃散了，好像那些“吊死鬼”正伸着血红的舌头在后面追赶着我们，尤其是在月牙儿刚刚挂上槐树梢的擦黑天……

关帝庙在我们幼小的心中，一直就是这么神秘而可怕！现在，这位大学生来了，而且竟然一个人住在那里，他也真够胆大的！不知道他晚上睡觉时是否会听到一些什么声响，是否会看到一些什么景象。

二

那时候村里非常缺老师。不久，这位大学生便被公社安排到我们小学，来当我们的老师了。

他是个瘦高个儿，穿着一件很旧、但很整洁的青布棉袄，头发长长的，围着一条深紫色的围脖，眼睛深深的，好像藏着许多说不出来的忧愁。

一进小教室的门儿，他便轻轻地摘下围脖，放在讲桌上一张干净的报纸上，然后默默地看了我们好久，声音低低地说道：

“同学们可能已经知道了，我姓华，是个犯了错误的人。我很感谢咱们村里的乡亲们，也就是你们的爷爷奶奶和爸爸妈妈，他们不嫌弃我，给了我亲人一样的宽谅和温暖，让我来这里，和你们一块儿学习。以后你们如果愿意，就叫我华老师吧，叫华大哥也行。我相信你们都是很纯朴、很有志气的小弟弟小妹妹。别的，我就不说了，说了你们也不会明白。好，现在咱们翻开课本……”

华老师会说一口非常好听的普通话，我们因此都听得格外仔细，整个教室里有了平常少有的安静。没过几天，我们就和华老师熟了，而且敢在散学之后，跟着他走进那个神秘的、阴森森的关帝庙了。

这个破庙，经过华老师的打扫和收拾，再也不那么吓人了。那块长满了野草的空地，已经变成了一方整整齐齐的菜畦，而且已经打好了地垄儿。

华老师说：“等过了清明和谷雨，你们就来看我种的蔬菜，肯定会长得好。因为那些枯草乱枝，全让我烧成草木灰撒进了菜地。如果你们愿意，就把这儿当成你们的‘百草园’吧！”

走进里屋，第一眼我们就去看梁上，寻找人们说过的那吓人的绳子。华老师说：“早让我烧了。你们看，这不是很整洁的房子吗？比起我的导师们在农村的住房，好多了呢！”

“那……那黑红的棺材呢？听说，这屋里还停放着几口棺材……”我们问道。

“哪有什么棺材？纯属子虚乌有！”

原来这是大人们编排出来的吓唬我们小孩子的故事呀！——那一直压在我们心上的可怕的东西，就这么让华老师轻易地扫除了。

“不过，我猜想，你们的爷爷奶奶和爸爸妈妈的愿望，都是好的，就是希望你们好好用功，把书读好了，为咱们村争光。你们看，咱们现在的日子过得多艰难，多贫穷啊！”华老师让我们坐在他的小床上，笑着对我们说，“希望你们常到我这儿来，我会讲许多故事给你们听。再说，我一个人住在这儿，也孤独。人哪，还是应该和人生活在一起。当然，要和善良的、纯朴的、诚实的人在一起，你们说对不？”

我们都使劲儿地点着头。华老师的小床上铺着雪白的床单，被子也叠得整整齐齐。这才叫城里人呢！

三

有个星期天，我上午拾草回来，下午忍不住又跑到华老师那里去了。这一次，华老师见是我一个人来的，便放下正在搓洗的衣裳，从床底下拖出一个旧皮箱，拿出了两本包着牛皮纸封皮的小书送给了我，还鼓励我说：

“我看你是班上最用功的学生，好好学，将来会有出息的！我本来有好多书，都让人收走了，这两本书，是我像你这么大的时候最喜欢看的，所以一直保存着。现在就送给你吧。平常抽空儿在家里读读，可不能让别人知道，懂吗？”

我使劲儿地点点头，双手接过这两本小书，又向华老师鞠了一躬。这两本书，一本叫《丘克和盖克》，一本叫《蓝碗》，都是一个叫盖达尔的人写的。

华老师说，盖达尔是个了不起的人，十六岁就当了红军团长，指挥过好多好多的战斗，是苏联有名的红军英雄。那里的孩子们，都亲切地称他为“伟大的盖达尔叔叔”。

“伟大的盖达尔叔叔”的书，就这样成了我平生最早读到的外国小说了。

我清晰地记得这两本小书从封面到封底的图案。我还注意到了，在那本《丘克和盖克》的扉页上，还有用蓝墨水写的、有点儿褪色的几行娟秀的小字：

什么是幸福？每个人都有自己的见解，但是所有的人在一起，都会知道和了解：应该正直地活着，辛勤地劳动，并且热爱和卫护这个名叫“祖国”的广大而幸福的土地……

——给华夏留念。丽亚。

我知道，“华夏”就是华老师。那“丽亚”是谁呢？是一个女孩子吗？我当时没有想到去问问华老师。后来我常常想，这中间肯定有一小段美丽的故事。而这段话，从此也成了我常常引用和提醒自己的一段最美好的人生格言。

四

不久，我小学毕业进入社生联中念中学了。在联中，我靠着自己的勤奋努力，成了全校有名的“好学生”。有的同学回村把我的一些“好消息”说给华老师听，华老师满意地说：“这并不奇怪，‘艰难困苦，玉汝于成’。‘海阔凭鱼跃，天高任鸟飞’嘛！”

1975 年夏天，在两位高年级同学的介绍下，我向联中团组织递交了自己的第一份入团申请书。我清晰地记得，在申请书上，我恭恭敬敬地抄上了我自己喜欢的两段话。一段是奥斯特洛夫斯基的“人的一生应当这样度过……”另一段就是华老师给我的书上的那段“什么是幸福？每个人都有自己的见解……”

现在想来，不免觉得有点儿可笑。一个十四岁的乡村少年，对于人生的理解还只不过停留在对于饥饿、艰辛以及个人命运不济的埋怨上，哪里能够真正明白这两段话的深刻意义呢？说到底，那只不过是一种“为赋新词强说愁”，是少年期常见的一种肤浅的而又带点儿矫饰的“自我装饰”而已。

不过半年之后，我竟真的在团员登记表上按下了自己鲜红的手印，接着又站在鲜艳的团旗下，庄重地举手宣誓了……可惜的是，华老师当时没有在场。

五

我入团不久，华老师就悄悄地离开了我们村小学，回到城里去了。——也有人说，他是被转到另外的地方去了。我没能赶回村去和他道别。我听到消息跑回村时，华老师已经走了好几天了。

我在那空空的、重归寂寥的关帝庙前徘徊了好久。华老师种的茄子，正在开着紫色的小花。几排芸豆架也整齐地搭好了，但他显然是收获不成了。华老师这一走，我们的这个“百草园”又要荒芜了。我默默地给它们浇了两担水后，便怅然地返回了学校。

——直到今天我也没弄清楚，当年华老师究竟是犯了什么错误。我后悔当时没有问问他，只是隐约地听说，他是因为在城里写了什么文章，闹出了风波。

然而，在那样的年月里，华老师还能保存着《丘克和盖克》

和《蓝碗》，保存着盖达尔美丽的人生格言，并且悄悄地把它们像种子一样，播撒到一个贫穷无知的乡村孩子的心上，委实是了不起的。

六

一晃这么多年过去了，我常常怀着感激的心情想起华老师来。可惜的是，他当年送给我的那两本小书，已经随着岁月的迁移和流逝，不知失落到什么地方去了。但它们所留给我的记忆是温暖和长远的。尤其是那几行用蓝墨水书写的“什么是幸福”的话。

它们不时地会浮现在我脑海里，使我常思上进而未敢有丝毫沉沦与懈怠，使我对自己正在从事的事业一直保持着信心和希望，也使我在后来所有的艰难困苦和寂寞忧愁面前，都没有低下头来。

不知道华老师——我人生的引路人，我们那一班孩子的好兄长，我们心灵上的短暂而又永远的朋友，现在在什么地方。也不知道他是否还记得几十年前他所钟爱过的、一个贫穷而寂寞的乡村少年。

华老师，您在哪里？

红领巾飘在我的胸前

红领巾是五星红旗的一角，是用无数先烈的鲜血染成的……

一个人从幼年到成年，一步步地走过来，这是一条多么漫长的旅程。

我十岁的时候，正在村小学里念二年级。看着比我高一些年级的同学脖子上系着红红的领巾，我是多么眼馋啊！我三伯家的一位堂姐，每天都戴着红领巾很神气地到我家来。每次来，我妈妈总是夸个不停。有一次我忍不住手痒，趁堂姐在我家洗头的时候，悄悄地把她放在书包里的红领巾拿出来，对着镜子系在我自己光溜溜的脖子上。堂姐看见了，小嘴儿噘得老高，说道："干什么呀！看你那双小手，黑乎乎的，把人家的红领巾弄脏了怎么办？"我赶紧把红领巾摘下，放回她的书包里，嘴里还不服气地嘟囔了一句："怎么办？用蒜拌（办）呗！"

妈妈在一边看在眼里，说道："别眼馋人家的，用功念书，你也能戴上的！"

堂姐说："光用功念书还不行呢，还得经受考验！"

我问："什么是考验？"

堂姐忽闪着大眼睛，支支吾吾地说："考验嘛……就是考验呗！跟你说你也不懂！"

那时候，戴上了红领巾的孩子，上学的路上碰到了老师或长辈，都要行举手礼，没有佩戴红领巾的孩子，见到了老师或长辈，就没有行举手礼的资格。有一次，放学回家的路上，一位老师迎面走来，我堂姐和她的同学规规矩矩地向老师行了举手礼。我跟在后头也不由自主地把右手五指并紧举到了头上。老师默默地向我点了点头。不想这个动作被堂姐她们看到了。几个女孩子见老师走远了，便笑着问我："呀，小弟，你什么时候加入组织了？怎么不佩戴红领巾呀？"

我顿时满脸羞红，不知怎么回答才好。看着堂姐那神气活现的、取笑我的样子，我气恼地说："我愿意这样，你们管不着！"嘴上这么说，心里却在想，什么时候，要是我也能戴上红领巾，那该多神气啊！

仅仅过了一年，我念三年级的时候，因为我在村小学里表现特别出众，所以村小学的红小兵组织便向我敞开了热情的怀抱。这年的六一儿童节那天，我成了我们那一年级第一个戴上红领巾的人。

我清晰地记得当时的情景。因为入队仪式要到我们学区即社生联中校园里举行，所以这一天便显得更加隆重。老师还告诉我，到时一定要穿有翻领子的白衬衫，不可以穿圆领衫或光着脖子去。这可难坏了我的妈妈。我还从来没穿过有翻领的白衫衣呢！现做是来不及了，只好借吧。妈妈先后向邻居家借了好几件白衬衫，不是大了就是小了。最后终于借到了一件合身的，却是女式的，翻领儿上带着浅浅的花边。带花边就带花边吧，毕竟还是一件白衬衫，穿在我身上，当然还是够气派的。

这天清晨，鸡叫头遍我就醒了，爬起来看看纸窗，还黑黢黢的呢。躺下再睡，却怎么也睡不着了。奶奶疼爱地对我妈妈说道："看把孩子折腾的！"

妈妈说："由他去吧，孩子可为咱家争了气啦！"

终于等到吃过早饭。我的班主任巧玲老师带着一队高年级的、已经加入了组织的同学，敲锣打鼓把我送到学区。

到那里一看，好热闹的场面啊！红旗飘飘，鼓声咚咚，一支支红缨枪都系着鲜艳的缨穗。一队穿着白衬衣的小号手，个个左手叉腰，右手执号，鼓着腮帮子使劲儿地吹着铜号，嘴里活像含着俩鸡蛋。——后来才知道，这一天是社生学区当时最大的、也最隆重的一次入队会。

我站在那些陌生的同学中间，心里头怦怦直跳，不一会儿便满脸汗水了。但我又不敢去擦，怕把白衬衣弄脏了。会场中央悬挂着毛主席的画像，四周插满了大小红旗，还有一张写着即将宣誓的同学名字的大红榜，我一眼就从上面找到了自己的名字。在一阵整齐而嘹亮的鼓号声里，一位高年级的、名叫乔小娟的女同学为我系上了一条崭新的红领巾。系完，她退后一步看了看，又上前整理了一次，然后再后退一步，严肃地向我行了一个举手礼，我也忙不迭地向她敬了举手礼。不用说，因为激动和紧张，我的举手礼肯定非常不标准。

接着，是在学区里一位佩戴着红领巾的老师的带领下宣誓。她说一句，我们也跟着齐声说一句。誓词挺长，我已经记不完全了，但有两句是我今生永远不会忘记的，那就是："红领巾是五星红旗的一角，是用无数先烈的鲜血染成的……我们要时刻准备着，为共产主义事业而奋斗！"

啊，"时刻准备着……"这响亮的呼号，这坚定的信念，从那时起便深深地铭记在我的心中了。

故园的老树

*

三棵老树，又像是三棵结满了故事与歌谣的童话树和智慧树。

一

我家老屋的院子里有三棵老树，那是三棵老而不死的老树。一棵是枣树，一棵是槐树，还有一棵是榆树。它们都很老了，老得吓人。听老一辈的人说，那是我爷爷的爷爷留下来的。它们历尽了世事的沧桑，尝遍了人间的冷暖炎凉。我们村庄的历史，三棵老树肯定知道得最多，记得也最清晰、最牢靠。只是你问三棵老树，老树总是默默无语，就像见惯了世事变迁的老人，一切都埋藏在它们心底。

老枣树是歪脖子的，根在墙里，脖子伸在墙外。夏天里开出米粒大的淡黄色的小花，不久便结出了青青的小铃铛似的果实。秋天一来，熟得通红的枣子挂满了老树，村里的老老少少都能尝到它的甘甜与芬芳。大家一边吃着枣子，一边赞美着果实累累的老枣树。但没有谁能够知道，为我们留下老枣树的人，是什么样子，他去了哪里。

老槐树的树冠尤其大，好像一把巨伞。巨大的绿荫下，是我们小孩子踢毽子、跳房子的好场地，下雨天地皮也打不湿。我们自然是日日夜夜地恋着它。一到晚上，我的梦中的小鸟，一只一只都飞进老槐树的怀抱里去了，就像小小的蓝精灵，它们躲在密密的叶子下，好像夜夜都在叫唤着我的名字。

但是，有一年夏季，半夜里一声霹雳打来，老槐树被击折了，就像一位巨人被劈下了一条臂膀，裂开的树干露出白花花的新茬，好像还淌着血汁。我们全家都为之落泪。奶奶心疼地说："老天爷！莫不是老槐树的寿限到了？"我们都以为它会死去，可它是一棵老而不死的树。第二年春天，从那巨大的伤口边缘又绽出了新芽，长出了新叶，变成了新枝。老槐树的每一片叶子，仍然那么晶莹翠绿，充满生机……

老榆树生长在我家的天井里。爸爸曾经在他的一条横斜的粗枝上，为我们搭了一架小小的秋千。秋千一年四季都挂在老榆树身上，结实的绳子上绑着一只光滑的小红板凳儿，可以坐在上面看书、睡觉，也可以坐在上面数满天的星星。

老榆树的力量特别大，只用一只手臂，便把我们这些小孩子一个个从地上托送到天上……冬去春来，大雁飞走又飞回。

榆叶落了，秋千独自在风中悠荡，吱吱地唱着老掉牙的歌。有时候上面落满了雪。一到落雪天，爷爷就常常去把秋千板扫干净，还在上面撒一些小米和谷粒，给那些在这里过冬的小麻雀们吃。

二

三棵老树，就像三位宽厚、善良的神仙，总是在我们最艰难的日子里无私地搭救我们，帮助我们渡过难关。

小时候家乡的日子贫穷艰难，难得吃到什么水果。可是老枣树那甘甜的果实，却年年给我们留下最甜美的记忆。

白色的槐花盛开在年年的春荒时节，槐花一开，我们便用带钩儿的长竹篙摘下成串的槐花，然后和上红薯面蒸着吃，有一种略带苦涩而又清甜的味道。

老榆树满身嫩嫩的榆芽儿，叫“榆钱儿”。榆钱儿也可以蒸着吃，我们的祖辈、父辈在饥饿的年月里都吃过清甜的榆钱儿，也挺好吃的。我小时候也吃过榆钱儿。我还捡过榆钱儿，把它们串成一串串长长的项链，戴在脖子上。有时也把这金黄色的项链挂在老榆树身上，系在我们的秋千绳上，让它们在秋风中飘飘荡荡……

我们很感谢这三棵老树，是它们帮助我们度过了许多饥饿的日子。我们村有哪个孩子没有得到过老树们的好处呢？风吹雨打，出去，回来，三棵多情的老树，或多或少都在我们心上留下了有味儿的、永难泯灭的记忆。

三棵老树，又像是三棵结满了故事与歌谣的童话树和智慧树。很久以前，有好多好多的故事，都发生在三棵老树的身边，一辈辈地传下来，永远年轻，永远新鲜。这是我们乡村的历史和文化，总也说不完、唱不尽的。

三

关于老槐树，我记得最深刻的是一首童谣，那是老祖母常常唱起的：“老槐树，槐树槐，槐树底下搭戏台。人家的闺女都来啦，俺家的闺女咋不来？”

这首童谣很美丽，也很忧伤，美丽和伤感都在有意无意之中。尤其是老祖母唱起它的时候，音儿拖得长长的、沉沉的，从老槐树底下传到村口，又从村口传到村外很远很远的地方……

我们都知道，老祖母唯一的一个亲闺女因为饥饿，出生不久便夭折了，这对她的打击是沉重而久远的。哪个女儿不是亲娘身上掉下的肉啊！如果这个姑姑今天还活着，那么老祖母的晚年该是另一番样子了。在我们村里，老年人都是因为自己老了而又常有老闺女回家走动而感到自豪。而我的老祖母却没有。所以一听到老祖母夏夜里坐在老槐树底下轻轻唱起这首歌谣，我们就都不说话了。我们都知道祖母是在这首歌谣里和她夭逝的闺女见面的。在她的心里头，我们的小姑姑是不会死的。老祖母没有死，小姑姑就活着，活在老祖母的心中，从那时直到今天。

关于老枣树，最让我难忘的是爷爷讲的一个故事。那是在他也像我们这么小的时候。有一天深夜——是枣子已经熟透了的秋夜，人们都坐在天井里乘凉，突然听见老枣树上有沙沙的声响，好像有人爬上了枣树，在上面狠劲地摇动，枣子吧嗒吧嗒地落到地上。

爷爷的爷爷说："好家伙，准是老刺猬在偷枣子，不信等着看吧。"果然，不多一会儿，他们从大门缝里看见了两只大得吓人的老刺猬，正慢悠悠地从老枣树上爬下来，然后张开身上的硬刺，在落满了红枣的地上来回打滚。这样，满地的枣子一会儿就扎满了它们全身。孩子们想追出去，老爷爷就说："别管它们了，这是山神爷的子孙，有灵性的，它们也有小刺猬在家里等着吃枣子呢！"

有人说："跟着看看去，看它们会往哪儿走。"这样，我爷爷便蹑手蹑脚地跟着两个满身扎满了红枣的老刺猬，就着明晃晃的大月亮地，一直跟到了大青山脚下。果然，在一块大岩石下，爷爷看到两只老刺猬进了草丛遮掩着的一个小洞。笨拙的老刺猬因为身上有枣子，刺缩不起来啦！费了好大的劲儿才拱进洞里，洞口边还挤落了不少枣子呢。爷爷说：“后来，年年都见这两只老得快成了精的刺猬来偷枣子，有时它们看见了人也像没看见一样，心里自在着哪！”

自从听了爷爷讲的这个故事后，有时我们秋夜在外面乘凉，一听见树上有沙沙的声响，便常常疑心又是老刺猬来偷枣子了。有时夜黑风高，便不自觉地向老枣树上张望，盼着也能看到那样两只又笨拙又机智的大胆的刺猬来。但从来也没有看见过。那从老枣树上传来的沙沙作响的声音是常有的，枣子吧嗒吧嗒落地的声音也是常听见的，但都不是老刺猬弄出来的。所以我们有时候也不免怀疑爷爷讲述的这个故事的真实与可信，觉得这大概是爷爷杜撰的一篇哄小孩子们的童话吧？——虽然我知道爷爷并不知道什么叫童话。

类似的故事也在老榆树身上发生过。这是我亲眼见过的，不是童话。有一年秋天的午后，家里没人，只我一个人生病躺在炕头上。突然听见天井里的老榆树发出咯吱咯吱的声响——好像有人在打秋千似的。我不经意地顺着纸窗往外面一瞥，差点儿把我吓坏了。原来是两只黄鼠狼正攀在秋千架上荡秋千呢！

其中有一只似乎还端端正正地坐在那个小红板凳儿上。

我当时十分地害怕。因为据说谁要是打扰和伤害了黄鼠狼，那么黄鼠狼必定要找机会报复你的——轻则让你吃一次暗亏，重则会勾走你的魂儿，“附”到你的身上，让你变成乱说瞎话的“疯子”和“痴子”。我就听说过我们邻居家的一位三婶，因为有一次到老草垛边搬柴草，不小心毁了草垛里的一窝黄鼠狼的家，不久便被黄鼠狼“附”上了身，好端端的三婶有许多日子整天披头散发地沿街号叫：“我是黄仙姑，家在灵山住。天不怕来地不怕……”后来经村里的一位屠夫用桃树枝狠狠地在她身上抽了一通，黄鼠狼才吓得离了她的身体，把原来的魂灵交还了三婶……

这传说想起来就叫人害怕，所以我当时一看见秋千上有两只黄鼠狼，便吓得大气都不敢出，直到听不见动静才从被窝里伸出头来，顺着窗户往外望时，秋千上已经空空的了……

等到家里人从坡上回来，我把这件事告诉了爷爷。爷爷捋着胡子说：“少见多怪。咱村的哪个老草垛里没有黄大仙、黄仙姑呢。有黄大仙好哇！只是看见了它们，万万不可伤害和惹弄它们。”

这话曾经长时间里让我觉得害怕，不是万不得已，我是不敢一个人待在家里的，更不敢轻易地去看墙头，去看光秃秃的老榆树，尤其不敢一个人从老草垛根边走的。我怕我的魂灵也被这神秘的“黄大仙”勾了去。

四

离开家乡许多年了，我常常怀念起三棵老树。这是三棵老而不死的生命树。它们坚韧、顽强、不屈不挠，既有沉重的叹息，更有不朽的新绿。

三棵老树，什么世事没见过呢？谁能够读懂三棵老树的年轮？谁又能够破译三棵老树的生命的秘密？那么，请你们英勇地活下去吧，我年老的枣树、槐树和榆树！敞开你们宽厚的怀抱，去拥抱那更新更美的岁月。

山　魂

他觉得，那个“山魂”，时时伴随着他，给他智慧和胆量……

你相信这个世界上有“山魂”吗？如果你相信，那么，你看见过它吗？如果你不相信，那么请你告诉我，那使巍巍的高山常青不老的，并且召唤着一代又一代大山的子孙，前赴后继地热恋着它、奔赴于它的，又是什么呢？

有一个难忘的画面，常常映现在我的脑海里——

暮色苍茫的山道边，蹲着一位戴着旧草帽的老人。他的曾经非常强硬的脊背，已被沉重的岁月压弯了；饱经风霜的脸上，刻满了“生”的艰辛；缀满了补丁的汗褂上，濡染出层层汗迹。他的双手结满了坚硬的老茧。他正默默地蹲在那里，随着习习晚风在簸扬着地上的一堆堆干草。细碎的石头落在地上，丝丝干草飘进了他那摩挲得发亮的草篓子里。倘若你再留心，还会发现，这晚秋的古道边已经留下了无数堆这样的碎石，整个山道被这位老人整理得干干净净了……

野草岁岁枯荣，老人年年劳作，大青山古道边常会见到他捡粪、拾草的忠恳不倦的身影，风里来雨里去……这位老人便是我记忆中的爷爷。

不知道是从什么时候起，爷爷成了故乡的大山上的老护林员。他一个人住在大山上的一栋小木屋里，常常是一年四季不下山、不回村。村里的老哥儿们想念他的时候，就会三三两两相约在一个晴和天，带上老酒和搓好的烟叶到大青山上去。两袋旱烟，四两老酒，一支长箫……老哥儿们的一天就这样陪着爷爷过去了，直到傍黑才点上松明子下得山来。

从我记事那年起，我便常常提着水罐和竹篮子，到大青山上去为爷爷送汤送饭。有时爷爷背着猎枪遍山转悠去了，我就站在小木屋边的那块大青石上大喊一声：“爷爷——回来吃饭啦——”整个青山都会答应我。

不一会儿，爷爷就风尘仆仆地回来了。有时手上还提着他打着的猎物——他打的可都是害虫。爷爷说，它们都是山神爷的子孙，有灵性的。记得爷爷在小木屋里为我养过好几只机灵的小松鼠，有一次爷爷看我恋恋不舍，便让我带它们下山玩几天。我想了想，便说：“不，山上才是它们的家呢，让它们晚上和爷爷做伴儿吧。”爷爷说：“好啊！有出息啦，知道孝顺爷爷了，大青山有福哪……”

大青山青了又黄。春天来了又走了。一到夏天的晚上，当我们坐在村外的谷场上乘凉时，我们总会听见从山那边传来的隐隐约约的洞箫声——那是爷爷吹奏出来的。这时候，老人们便会暂停夜话，个个侧耳倾听，好像在听一位老朋友的倾诉和呼唤。那时断时续的苍凉的箫声，总是牵动着全村人的心。

听老人们说，那支长长的古铜色洞箫，打从民国时候起，就由爷爷的爷爷传到了他手上，并且像护身符一样一直伴随在他身边。爷爷吹奏着它，曾经把许多默默长逝的老人送进了大青山的怀抱，也曾经用它为许多受冤的小媳妇吹奏过人生的不平。日本兵侵占胶东的那些年月，爷爷被强盗们威逼着，赶着毛驴到东海沿去为日本侵略军运盐，有一次，所有的盘缠都被夜劫的土匪抢去了，唯有这支长箫，他紧紧地藏在贴身衣袖里。八路军来了，爷爷又吹着它走在支前队伍的最前面……人说他还为许世友司令员吹过家乡的小曲，我们不信。爷爷一边擦着一尘不染的箫管，一边无限留恋地说道："要是咱今生真的还能再见到首长们，见到那些好人，人家兴许不认得咱爷儿们了，可人家会认得这支洞箫啊！不是爷爷夸口，当年咱还为一群子弟兵吹过《绣荷包》哪！初一到十五，十五月儿高……唉！都是过去的事喽！那时候，你们这群小蚂蚱还不知道蹦跶在哪一国呢。"

看得出，爷爷非常珍视自己那段光荣的年月。要不，那年月他怎么会把自己的两个孝顺的儿子都送给自己的队伍了呢。

秋风起了，大雁排着“人”字形的队伍嘎嘎地鸣叫着飞走了……

不久，冬天的大雪便飘飘降落到了大青山上。

每年冬天来临之前，我总要和奶奶一起，在这一年里最后一次上一趟大青山，为爷爷送去御寒的棉衣和过冬的粮食。当大雪封山，天地连成了白茫茫的一片，爷爷便守着他的小木屋，守着整个大青山度过整整一个冬季。直到明年开春，大雪消融，柳芽儿返青的时候，我才能再看见爷爷。每当这时，我总会觉得，爷爷又苍老了许多，他的牙齿快要掉光了……

到了爷爷终于走不动的时候，村里人劝说着把他硬背下了大青山。从那以后，每天我放学回来，便会看见爷爷独自坐在那条又黑又长的小胡同口，一边晒着太阳，一边瞭望着大青山的峰巅出神。我知道，他的心永远地留在大青山上了。离开了大青山，好像让一个老水手离开了大海，他仿佛老得更快了。

我说：“爷爷，天快黑了，咱们回家吧。”爷爷仿佛从沉沉的梦中醒来说：“回来啦？正好，帮爷爷瞅瞅，那西山头的老榉树怎像是少了两棵？”

“爷爷，没少，还是四棵。另两棵叫影子遮住了。”

“我说呢！唉，不中用喽！眼也花了……要是退回个三年两年去，爷爷的眼，保敢与山鹰比试比试哪……”他像是在自言自语。

在爷爷离开大青山的那些日子里，我曾经夜夜和他抵足而眠。有一天深夜里，在黑暗的光影里，隐约地听见从大青山那边传来了阵阵低沉的松涛声。我突然想起了一个久已萦绕在心里的问题，便问爷爷：

“爷爷，你真的看见过‘山魂’吗？”

爷爷也听见了那一阵阵虎啸般的松涛声。他吧嗒着烟锅儿，缓缓地说：“那还能有假？”接着，爷爷便向我讲述了那个“山魂”的故事。

那还是爷爷年少的时候。有一年秋后，他跟着村里的老人们，起大早到外乡逃荒。五更天，满野的大雾，走着走着，他们迷失了道路，摸不清方向了，眼前雾蒙蒙一团。可是，就在他们的前面，仿佛有一个忽隐忽现的白色影子在牵引着他们，义无反顾地向前走着。汗水浸透了他们每个人的衣衫，但他们谁也不觉得疲劳……不知道走了多少个时辰，大雾终于消散了，东方有了微光，他们分明还听见了响亮的鸡啼声。四处一看，他们惊呆了——那个忽隐忽现的白色影子，竟把他们这一行人引回了家乡高高的大青山顶上！鸡啼声就是从山下的村庄里传来的，就像亲人们的呼唤。

这时候，有位老人说："山魂！伙计们，没有错，咱们是遇见山魂了！"

他们这才想到寻找那个引路的白色影子，却怎么也找不到了——当然找不到的！于是，他们这一帮穷哥儿们，几乎是同时跪倒在太阳初照的大青山之上，泪流满面……

讲完这个故事，爷爷揉揉老眼说，从那以后，他再也没有看见过"山魂"。但是从那时起，"山魂"便永远地装在他的心中了！——当他一个人睡在林涛滚滚的大青山怀抱里的时候；当他半夜里提着昏黄的风灯，巡视着长眠在大青山上的祖先们的墓地的时候……他觉得，那个"山魂"，时时伴随着他，给他智慧和胆量……

不久，爷爷就抱着那支长长的古铜色洞箫，坐在村庄里那条又黑又长的胡同口，面对着遥远的大青山，永远地闭上了自己的双眼……临死前的一天，他对奶奶说，这些天，他总觉得自己多年前看见过的那个忽隐忽现的白色影子，又在他眼前飘来飘去，好像在叫他回到大青山上去……

遵照爷爷的遗愿，人们把他抬上了大青山，埋在朝阳坡上他的那栋小木屋旁边。他入土的礼炮震痛了全村人的心。大青山是他的母亲，也是我们全村人的母亲。大青山温厚的怀抱，将永安着她每一个忠诚的儿孙的灵魂。

爷爷是我们村最后一个看见过“山魂”的人。后来我常常想，所谓“山魂”，本无所谓有，也无所谓无。只要你对大青山爱得真切，爱得执着，这种爱便是使它常青不老的那个古老的秘密和源泉。一代又一代大山之子的爱沉积起来、组合起来，不正是我们所企望的那个“大山之魂”吗？

愿爷爷在大青山的怀抱里安息。

苹果树下的书香

*

一阵阵苹果的芬芳连着扑鼻的书香，让我常常忘记了回家的时间。

不记得是在哪里了，曾读到过这样的两句诗：“可怜最是牵衣女，哭说邻家午饭香。”在我的童年时代，我除了常常馋羡别人家的“午饭香”，有时候也非常渴望一些小伙伴所拥有的“书香”。那是贫穷和荒芜的年月，充满了饥荒也充满了书荒。对于我们这些乡下的穷孩子来说，尤其是这样。

那年秋天，我在家乡的社生联中念初一。我的同桌，是一位从县城转学来的女孩子，叫谢小芳。她父亲在县城里工作，她住在离我们村有五里远的外婆家里。她那里有好多书。有《林海雪原》《敌后武工队》《小马倌和“大皮靴”叔叔》《小英雄谢荣策》，还有《卓娅和舒拉的故事》《古丽雅的道路》等。我几乎是仅仅冲着这些书，便二话没说就和谢小芳“好”了起来。她有不会做的作业便问我，我总是不厌其烦地给她讲解。我的语文和数学成绩都比她好，尤其是作文，更在全联中闻名，所以我简直也成了她心中的“英雄”。

老师每次布置的作文，我总愿意写出两份，一份留给自己，另一份是代谢小芳写的。我的目的当然是希望从她那儿看到更多的书。而她呢，也常常因为全班只有她才有那么多的书而感到自豪，而且也乐于有人像我这样鞍前马后、随叫随到地围绕着她、抬举着她、恭维着她。例如有的同学叫她“冬妮娅”，我就背着同学们对她说道：“冬妮娅有什么不好，人家多爱干净呀！”

谢小芳听了这话，肯定很舒服，扑哧一笑说：“给，这两本书你肯定没看过，可不能让别的同学看到了，爸爸也不准我看的！”这两本书，确实是我没有看过的，一本是《新儿女英雄传》，一本是《苦菜花》。

我与谢小芳的交往，自然也引起了一些同学的嫉妒。有的值日生还告到了老师那里，说谢小芳每次给我书看，里面都夹着“纸条儿”。对此，谢小芳高傲地笑笑说：“气死他们！”

有一次，她甚至鼓动我把一个背地里说我们风凉话的男生狠狠地揍了一顿。当他向我保证“再也不敢胡说”的时候，谢小芳在旁边骄傲地笑了。那笑声就像保尔·柯察金在湖边揍盐务长的儿子时，冬妮娅所发出的笑声一样。

因为书的缘故，我和谢小芳的友谊逐渐加深。有时放了晚学后，我干脆先不回家，而是跟着她一起到她外婆家去，或是补课，或是帮她外婆挑水、扫院子。

她外婆家的小院子里有一棵老苹果树，一到秋天就结满了通红的苹果。有时候，我们就坐在晚霞映照的老苹果树下，一边吃着苹果，一边津津有味地读着那些厚厚的小说。

一阵阵苹果的芬芳连着扑鼻的书香，让我常常忘记了回家的时间。等到我揣着厚厚的新书跑回自己的村里时，月亮已经升起来了，村路上已经起了白雾，耳边尽是汪汪的狗吠声……

然而好景不长，刚刚同桌了一个学期，谢小芳就转学走了。我送给她一个崭新的笔记本作纪念，而她留给我一大摞书，有《钢铁是怎样炼成的》《青春之歌》《欧阳海之歌》和《野火春风斗古城》等。她在《钢铁是怎样炼成的》的扉页上，抄上了那段著名的话：

“人的一生应当这样度过……”

她的字写得并不好看，但很认真，一笔一画的，没有一点儿潦草。

我回家后就把这些书一一写上“谢小芳送我的书”的字样，然后仔细地包上书皮，整齐地排列在我的枕头底下。

我就枕着这个高高的书的枕头，闻着阵阵书香，夜夜做着我的书的梦。

现在认真地想一想，我最早读到的一批真正的文学书，正是从谢小芳这儿开始的。她的书，在我的心灵里最早播下了文学的种子——虽然那时候我根本没想到，自己将来也能够写书。

从那时到现在，一晃三十多年过去了。我常常想起这位相处短暂而交往又那么密切的初中同学，也想念她的善良的外婆，想念那棵结着满树通红的果实的老苹果树。

不知道她现在在什么地方，会是什么模样？更不知道，她是不是还会记得一个爱书的男孩，记得那段纯真的、亲密的，使我悄悄靠近了文学的少年时光。

夹壁中的旧书

*

我的古代文学“发蒙”，应该说是从接触这批旧书开始的。

一本书有一本书的回忆。我在家乡的社生联中念初中的时候，有一次，听村里的老人们说，村西的瞎子满大爷家里，有不少旧书和老书。于是，有一段时间，我三天两头地往满大爷的那栋小草屋里跑。

满大爷早年间和我爷爷一起闯过关东。他会拉胡琴，会说鼓书。每到忙完了三秋，人闲地歇，大雪封山的时候，他那间黑咕隆咚的小屋里就挤满了人。

冬天夜长，大人小孩都愿意去听他说书。他的土炕上蹲满了老哥儿们。他的炕洞里一个冬天都生着牛粪火，炕头热热的，整个小屋里暖烘烘的。这时候正好听他说鼓书。鼓板一响，往往一说就说到天明时分。《烈火金刚》他一个人连讲带唱能说完全本。当说到古书中朱仙镇交战那一段时，他的鼓板又急又狠，再怎么想打瞌睡的小孩儿也被提起了精神。他的说书艺术堪称我们村老一辈人各种手艺中的“一绝”。

满大爷知道，我是村里新一茬人中最本分和好学的孩子，再加上我平常勤快，常去为他挑几担水，拾几篓子草，所以一到没人的时候，他就会摸索着挪开一个炕头柜，从一个深深的夹壁里掏一些老书出来，让我挑选。

老书虽然不多，但确实是老，老得发黄，有的甚至发了霉。但在那个苦于书荒的年代，这些老书所带给我的，却是一阵阵难忘的“书香”。有些书的样子，现在还清晰地呈现在我的眼前。那其实是一些《玄秘塔》《兰亭集序》之类的碑帖。还有一些薄一点的，是“皇历”。但这些旧书中也确有《封神演义》《罗通扫北》《小五义》之类的通俗小说。虽然不是那么完整，却是我最早读到的中国古代与文学有关的书。我的古代文学“发蒙”，应该说是从接触这批旧书开始的。

我很奇怪，几次的“破四旧”竟没能烧掉这样一些旧书。后来我想，它们大概是我们村当时唯一保留下来的一些秘密的老书吧。我是这些秘密的老书的寥寥无几的知情者和小读者之一。

满大爷去世后，他那栋小草屋由他的一个远房侄子继承了。那些藏在又黑又深的夹壁中的老书，从此也就与世隔绝了。其时，我也已经不满足于那几本残损的老书，而迷恋着像《苦菜花》《新儿女英雄传》《林海雪原》这样的新的文学小说了。

现在，那批旧书当然是早已连同那个小草屋，和小草屋中的夹壁一起，荡然无存了。时光在流逝，岁月的脚步，总是向着明天迈进的。然而正是这种前进，才使我至今未能忘怀，曾经藏在满大爷那间小草屋夹壁中的那些秘密的旧书。

绿荫下的红墙

时常想起那片浓郁的绿荫，时常想起绿荫下的那道红墙。

一

时常想起那片浓郁的绿荫，时常想起绿荫下的那道红墙。

十四岁那年，我以优异的成绩考进了离我们村不远的那所有名的社生联中。这是我发奋用功的结果，所谓“种瓜得瓜，种豆得豆”吧。而与我同班的好几位青梅竹马的伙伴，却都“名落孙山”，从此便留在北小峨村里做“庄户孙”了。这也是那个年代里，许多乡村少年的最大的悲哀与不幸。

社生镇每月初一和十五逢大集。逢集时，方圆十几里的村民无论有没有买卖可做，都愿意到集上来赶赶热闹，因此社生镇也就很有点儿繁华闹市的样子和气氛了。我们的联中就坐落在这繁华的闹市中心。闹市弦歌，伴着我的苦乐年华。

最巧的是，我们联中的门前也有一条清澈不涸的河流，而且它还有一个音节响亮的名字叫康河。——许多年后，当我在大学里读到了徐志摩的诗歌，竟不禁为我们的这条河与遥远的剑桥大学城的那条河同名而觉得十分骄傲。但我们毕竟是中学生了，好像已经清醒地意识到了，如果再一味地戏耍于河滩和流沙之中，那只能叫作玩物丧志、没有出息了。所以，我们那时虽然都非常喜欢康河，却又很少去和它亲近。它在我们琅琅的读书声里默默地流淌着。

我们最亲近的是联中的那片浓郁的绿荫。管子说：“一年之计，莫如树谷；十年之计，莫如树木；终身之计，莫如树人。”大概正因为如此，每一所学校，哪怕是最年轻最小的学校，也总是要在校园里遍植林木，以示古训的吧。而一所学校如果古木参天，花红叶茂，绿荫遍地，也便证明了它的资历的古老了。我们的母校，似乎就是这样一所资历不浅的学校。而红墙呢，我至今还模模糊糊地弄不明白，那到底是古已有之的呢，还是顺乎当时的新潮流，在一夜间匆匆完成的呢？无论怎样，它留在我的记忆里的景象是美丽而庄重的。社生联中的校园是我做学生时所见过的最美丽、最像校园的校园。

我们在一片蝉鸣声里开始了新的生活……

二

那是寂寞而寒冷的年月。但我们却都觉得，联中的校园生活比我在村小学时的生活丰富得多了。单是课程，除语文、政治和数理化外，还有一门十分有趣的“农业基础知识”课。它不是坐在课堂上听老师讲，而是让学生真正走出去，到广阔的天地间去，到我们联中的那片试验田里，去学习和劳作。

我们跟着一位模样就像朴实的农民一样的韩老师，在试验田里观察小麦的越冬、返青、拔节、抽穗、灌浆直至成熟的全过程；我们给玉米间苗、授粉，培育出新的杂交品种名之曰“联中5号”；我们还搞过大豆与荞麦的套种，桃树与杏树的嫁接；我们也亲自用小刀解剖成熟了的马铃薯（土豆）的根块，解剖完了的土豆就放在事先有意准备好的牛粪火里烤着吃，常常是马铃薯解剖了一大堆，我们的肚子也吃饱了，一个个吃得乌眉皂眼的，试验田里弥漫着浓郁的土豆香。我们还观察过花生的落果方式，测试过玉米叶子的光合作用。那时候我们学得最好的课程大概就是这门“农业基础知识”课了。韩老师一边调试着那架古旧的显微镜，一边笑眯眯地说：“你们要知道，你们将来都要吃农业饭的，所以我得保证你们回到村里，都能够当上个农技组长什么的。最起码也要当个油坊的会计或种子站站长吧？”

除了试验田，我们联中在康河的上游，还拥有一座不小的试验山，那简直就是我们的“花果山”。我们每月去那里劳动一次，每一次劳动也就成了我们的春游或秋游。我们自带干粮和咸菜，一去就是一整天。开饭时分，遍山烟火缭绕。从松林中摘回新鲜的野蘑菇，到涧溪中摸来螃蟹和鱼虾，到试验田里挖出鸡蛋大小的土豆。干枯的柴火山上有的是，几块石头一支便是很好的炉灶。这情景实在胜过最好的野炊。一天下来我们竟情不自禁地问韩老师：“老师，明天是不是再让我们班劳动一天呢？我们的活儿还没干完呢！”

三

我们联中还有一个传统，就是长途行军拉练。有时候住校的学生半夜里就把命令分头通知到了各个寝室。无论是春雨霏霏，还是大雪飘飘，只要集合号一响，“多严峻的战斗，我们也不会退后！”——就像小说《青春万岁》的那首序诗里写的那样：

是转眼过去了的日子，也是充满遐想的日子，

纷纷的心愿迷离，像春天的雨。

我们有时间，有力量，有燃烧的信念，
我们渴望生活，渴望在天上飞……

我记得有一次我们从联中拉练到即墨城，队伍呈单行一字排开，全校学生排了足有六里多地。水壶、干粮袋、红缨枪、喇叭筒等都要带上，个个全副武装，沿途歌声、口号声、军号声不绝于耳。路过一些小村时，老乡们交头接耳，窃窃私语："这是一支什么队伍？他们要开赴到什么地方去吗？"

有的老大娘还热情地为我们送水、送干粮呢。碰到这样的老大娘，调皮的同学总是学着从电影上见过的八路军的样子，大声地回应道："谢谢您，老大娘，俺们八路军不吃老百姓的东西。"还有的同学说得更邪乎："老乡们，等着我们吧！我们大部队很快就会打回来的！"女同学在后面听了，也立即接上了："那敢情好！咱们军民一家嘛！"……拉练的队伍里充满了快活的笑声。

更有趣的是，队伍中间还准备了十来头小毛驴和一支俨然训练有素的担架队。担架队员多是从各班里挑出的个头大、有力气的男生。这些男生的背带上都系着一条新毛巾，威武极了。担架只供途中的病号或实在走不动的年龄小的女生享用。我记得每次行军拉练时，我们"快板队"夸得最多的就是这支小小而威武的担架队。因为他们常常是要流着汗抬着人走路。有一次走到灵山脚下，我饱饮了一顿山泉水，竟再也无力前行了。眼看就要掉队，就要为我们班丢脸，这时，班上的一位姓陈的大哥哥灵机一动，向我使了个眼色，拦下了一头小毛驴，像老鹰抓小鸡似的把我提了上去。我就势“哎哟”“哎哟”地装了一次重病号。别人迈步我骑驴，小毛驴甩动着耳朵，蹄子一颠一颠的，好不舒服！

四

说到这位姓陈的大哥哥，我永远也忘不了他。他身材高大结实，年龄也是我们班上最大的。我从不喊他的名字，只叫他大哥哥，所以到现在竟记不起他的名字该怎么写了。他待我的确就像亲生的大哥哥一样，极尽关心和爱护。和他在一起，我觉得什么也不怕了，而且谁也甭想欺负到我的头上来。

有一次班级劳动，是去割青草交给学校沤绿肥。大哥哥把我带到他的村里去。他让我坐在他亲戚家的一个瓜棚里，一边吃西瓜，一边望着人。而他则脱光了上衣，一猫腰就钻进了密密的玉米地里。太阳快落山的时候，他不知从哪里钻了出来，满身满脸都是泥巴，裤腰里却兜着几个金色的熟透的甜瓜。

我问："大哥哥，咱们的草呢？"他用那双泥手把我一拍说："已经交上去了，全班你第一多，我第二多。"我又惊喜又感激地为大哥哥摘去他头发上的黄泥。

天黑了，大哥哥怕我不敢走夜路，便又借来自行车把我送到我们村口，看着我走进胡同后，他才放心地转过身，在淡淡的月色下骑着车子返回去了。村外的玉米地里传来沙沙的声音，不知道大哥哥他会不会害怕……

但大哥哥不久就含着委屈离开了我们。原因是这样的：那个年月，凡事都讲究家庭出身。如果家庭出身好，当时叫"根子红"，自己作为后代就越觉得光荣。大哥哥的爷爷曾经是个地主，所以公社每次开斗争大会，便总要把大哥哥的爷爷押上台去陪斗。联中的同学都认得大哥哥的爷爷，大哥哥因此在人前总是抬不起头来。更有些自视家庭成分好的同学，常常无端地以此取笑和作践大哥哥。

有一次，两个同学当着众人的面骂大哥哥是"地主阶级的孝子贤孙"，把大哥哥惹火了，大哥哥便瞅准了机会把他狠狠揍了一顿。哪想到，这个同学的爹是公社里的一个干部。这还了得！于是，大哥哥在一夜间便大祸临头，成了"蓄意报复贫下中农子弟的坏崽子"了。就这样，他被人从这个教室推进那个教室，轮番着在每个班级里作检讨，最后又在全校的大会上低着头示众。当大哥哥光着脚板，站在晚秋的操场上，哽咽着检讨自己所谓的“坏思想”时，我也难过地低下了头。

那是一个荒唐的年代，全然不顾一个少年的自尊心与承受力。那也是在那片美丽的绿荫下发生的一幕令人痛心的故事！要说我少年的心灵里留下了什么创伤的话，大哥哥的遭遇便是我永难忘记的创伤之一。

大会开完了，大哥哥便被学校开除了。记得当时我和另外一位同学去送大哥哥，他扛着板凳走到校门口时，竟突然趴在那堵红墙上放声大哭起来。他的声音是那么凄惨而无助，声音里含着满腔的委屈……

哭完了，大哥哥又抽泣着望着那片落叶萧萧的树荫，然后声音低低地叮嘱我说，要好好劳动，要把书念好，不要像他这样。临分手时，他又把自己的一顶崭新的棉帽子摘下送给了我。

就这样，可怜的大哥哥从联中的绿荫下消失了——他是被那充满了怕与恨的年代所损害了的一位善良的乡村少年。从此以后，我再也没有见到大哥哥。听他村上的同学说，他回家不久便跟着几个闯关东的人离开了故乡，到遥远的东北林场扛木头去了……

当我听到这个消息时，已是那一年的冬天了。我在联中已经完成一半的学业了。有好几天，我总是一个人跑到通往大哥哥的村庄的那条小路上，心想，会不会突然碰上他呢？但我看见的，只有漫天的大雪和空旷的、低垂的天空。还有那个我曾经坐过的、已经被大雪覆盖了的、高高的空荡荡的瓜棚。

有一年，在一个中学生文学夏令营上，我听见一位来自家乡的小女孩唱了一支《等你捉泥鳅》的歌谣："天天我等着你，等着你捉泥鳅，大哥哥好不好，咱们去捉泥鳅……"听着，听着，我突然又想起了我少年时代的大哥哥。我的眼里充满了泪水。

我知道，康河还在静静地流淌，春天去了又会回来。大雁年年鸣叫着飞过我们校园的上空。那片绿荫，那些绿荫中的红墙，仍然静静地站立在我的心灵的地平线上。但是，我所永远怀念的大哥哥，现在你在哪里呢？你生活得好不好？你也该是人到中年了吧？你还记得我这个小弟弟吗？——你还是那样高大又结实吗？这么多年过去了，你是怀念还是怨恨我们联中的那片绿荫呢？你该明白，现在的日子，毕竟不同于那个时候了啊！

我不知道，今生今世，我还能不能再见到这位大哥哥。无论怎样，我都真诚地祝愿他生活得快乐、幸福！——他应该生活得快乐和幸福才对啊！不然，未免太不公平了。

永久的悔

*

一种深深的内疚和永久的愧悔，压在我的心上，岁月愈久，愈是沉重。

有很多时候，我都想写一写他，可是，一拿起笔来，心里就沉重得一个字儿也写不出来了。现在，五十多年过去了，我从一个天真无知的小学生，变成了一个成熟的中年人了。但是，有关他的记忆，有关他的一些遭遇，我却总也难以忘却——即使想忘却也不能忘却呢。就像那年冬天的那场大雪，铺天盖地而又经久不化……

一

那是我童年记忆里的一个最寒冷的冬天。他，是我童年的伙伴小兆的爸爸，我们小孩子都叫他三根叔叔。三根叔叔高高的个头，待人非常和气，尤其喜欢我们小孩子。

我在村小学上五年级的时候，和小兆是同桌。我是班长，有时放了学就背着书包到小兆家里去给他补课，和他一块儿做作业。每逢三根叔叔收工后从坡上回来，他摘回来的熟得通红的野山枣，分给我的总是最多。他还常对小兆说："好好地跟着你们班长学，这才叫有出息的孩子，又聪明，又懂事……"

我说："三根叔叔，你快别羞我了！"

三根叔叔一边整理着农具一边说："依我看哪，咱们村里的这一茬小孩，将来就数你最有出息了！"

可是，忽然有一天，架在我们小学校操场南头那棵老杨树上的两只高音大喇叭，又哇哇地响了起来。不用说，村里又要开大会了。那个年月里，全村的老老少少都害怕这两只大喇叭响。大喇叭一响，人们的心头就都像秋后打了霜的苞米秸子一样，沉沉的，没了生气。

原先，每年都在老杨树上做窝的几只喜鹊，不知什么时候也吓得早就挪了窝，上面只留下了两个空空的大鸟巢。老人们说，没有喜鹊的村庄，是没有福气的村庄，可不是嘛，高音喇叭一响，肯定又会有什么人，或者又有哪一家就要遭殃了！

从公社里来的一个"工作队"，村里人谁见了都会躲着走。不过，我们村的那位妇女主任，她可是不害怕的。"工作队"就住在她家里。她的公公是村里的治安主任，她的男人又在公社里当干部，所以，她那时候就好像是我们村里的一个"贵妇人"

一样，哪一天不在村里的有线广播里扯着嗓子讲几句话，就好像会失了体面似的。

当然，村子里关于她的难听的传闻也很多。有的说她和她的公公不清不白的；有的说“工作队”和她住一间屋子，睡在一个炕上呢！……后来，这些传闻和笑料传到了她和她公公以及“工作队”的耳朵里了。这还了得！于是，治安主任、妇女主任，还有“工作队”，都有了新的“工作任务”——他们下决心要从村里查出是谁在散布这些“谣言”。

那个年月里，像“树欲静而风不止”“革命不是请客吃饭”“千万不要忘记阶级斗争”……这些“口号”天天都被他们喊得山响。斗争的气氛一天比一天紧张了，人们的心头好像正被一层浓浓的乌云压抑着和笼罩着……

现在，高音喇叭响了，是不是就因为这事呢？

二

那一天，我们全校师生照例要排着队坐进会场，为斗争大会“呐喊助威”。

那是多冷的一天啊！一开始，被押上台的，是我们村里的几个地主和一个地主婆。他们都戴着写着各自名字的高高的纸帽子，脖子上吊着我们见过了不知多少次的大木牌，上面写着他们的名字，名字上还被打上了黑叉叉。

接着，被“工作队”点到名的是一个偷了邻村耕牛的贫农的儿子。不用说，他的“根子”红得发紫，却偏偏家里穷得要命，于是，他就成了我们村里的一个有名的“三只手”。不光是偷牛。公社的花生熟了，他就偷花生；玉米好摘了，他就偷玉米。有一次，他竟然把村支书家晒的干鱼都隔着墙用竹竿子挑了出来，正在野地里烧着吃的时候，被老鹰一样的治安主任闻着味儿捉到了。

但是他爹、他爷爷、他爷爷的爷爷都外出逃荒要过饭，都是贫农出身，“工作队”自然也不能“灭自己的志气”、长“地主阶级的威风”，所以，最终也不能把他怎么样。这不，大家一起高呼口号的时候，他站在台上竟然也厚着脸皮振臂高呼，而且比别的人都呼得有力，呼得响亮。这样的情形，我们这些做学生的也见识过多次了，我们知道，这次批斗会的对象，肯定也不会是他。

果然，没过一会儿，“工作队”中那个最厉害的头头大吼了一声：“现在，我宣布，把隐藏在我们村的反革命分子徐三根，押上台来！”

——天哪！原来今天被批斗的人是三根叔叔！我怎么一点

儿也没想到呢!

我看见，可怜的、高个头的三根叔叔，被两个强壮的民兵反剪着双手，架上了大批判台。他深深地弯下腰，头被摁得低了又低……

这时，我看见坐在台下的小兆，也深深地低下了头，吧嗒吧嗒地在掉眼泪。

原来，治安主任、妇女主任和“工作队”不知怎么查到了，说村里的那些关于他们的传闻，都是三根叔叔传播出来的。他们还查到了，三根叔叔的爷爷，早年闯过关东，还在日本人的兵营里做过事。其实，村里闯过关东的老人都知道，他是被日本人抓去做苦力的，一同被抓去的人有的逃出来回到了家乡，而他却下落不明了，大概是死了吧。如今却正好和三根叔叔的这档子事联系了起来，于是，原本待人和气的三根叔叔便成了“十恶不赦”的“反革命分子”了!

那是荒唐的岁月，黑白颠倒，是非不明，许多人都像疯了一样，什么事没有发生过呢？哪里有讲理的地方呢!

三

一连几天，天都在下着大雪。三根叔叔被人押送着，冒着大雪到处游街示众，从这个小队到那个小队……

更没想到的是，因为我是学校里的“红小兵”大队长，“工作队”就叫校长把我叫到大队部，要我带头去参加这番大雪天的游斗。他们交给我的“光荣任务”是扛起红缨枪，带上纸喇叭筒，带领一群同学，去领着村里的群众呼喊口号。看得出，学校里的王校长是很不情愿让我们这些孩子去参加这样的游斗的。他说：“天太冷了，孩子们要被冻坏的……”

可是，“工作队”一拍桌子说：“这是对待革命的态度问题！”他们是上面派来的人，王校长哪里再敢违抗呢？于是，年幼无知的我们，便“全副武装”地跟在游斗队伍后面出发了。

每当到了一个小队，脖子上挂着大木牌的三根叔叔就会被民兵们狠狠地摁着低下头去，然后检讨一番自己的“罪行”。不等三根叔叔作完检讨，我就要带头高呼“工作队”事先为我们规定好的口号：“谁不老实就砸烂谁的狗头！”“阶级斗争，一抓就灵！”……

我清楚地记得，当我举着小小的拳头高呼口号的时候，那些平日里待我非常友好的叔叔、大爷和大婶们，他们都冷冷地、木然地望着我。我感到又紧张又害怕。每呼完一句口号，民兵就会把三根叔叔的头揪起来再摁下去一次……

那是一个多么冷酷的冬天啊！我们这些孩子一个个被冻得

鼻子通红，牙齿咯咯发抖，几乎冻僵的小手连红缨枪杆都拿不住了。可我们仍然要跟着游斗的队伍不停地行走。这样一连游斗了好几天，我们才回到学校。

那些天，我每天到半夜才能回到家。奶奶心疼得一边给我搓着冻得麻木的脚丫，一边说：“真是糟践人哪！不知道三根一家老小这日子怎么过下去……”

整整一个冬天里，每次开批判大会，三根叔叔都要被押上台去陪斗、陪站，和那些“坏分子”站在一起。我坐在台下，偶尔和三根叔叔凄然的目光相遇时，我就赶紧深深地低下头去。我怕看见三根叔叔那善良、忧愁和无助的目光。

当然，我从此再也没有脸面到他家里去了。有时，我看见三根叔叔从坡上劳动回来，也连忙远远地逃避开。在学校里，小兆自然也抬不起头来了。但更抬不起头的却是我，特别是在小兆的面前。

四

如果事情仅仅到此为止，那我现在的心情也许要好受一点。

我没想到，第二年，刚刚过完春节，三根叔叔就带着全家离开了我们村，到外乡去了。那时候，在村里过不下去的人家，不是去闯关东就是到更远的新疆去。我不知道三根叔叔一家是到什么地方去了。有谁愿意轻易地离开自己的故土而流落他乡呢？但我们都知道，只要治安主任和妇女主任这帮有权有势的人还在村里，三根叔叔一家就再也别想有好日子过了。

三根叔叔一家悄悄地走了。我们的村庄从此又少了一户人家。小兆自然也走了，我的风雪童年里又少了一个曾经那么亲密无间的小伙伴！

现在，五十多年过去了。三根叔叔和我们村从此断绝了任何联系。

但我常常想起他们一家，想起三根叔叔曾经把熟得通红的野山枣儿分给我；想起小兆和我一块儿做作业，一块儿到大青山上去摘松果、捉蝎子的情景。而更让我难忘的是，那站在寒冷的风雪中，被反剪着双手、把头低了又低，把腰弯了又弯的三根叔叔，还有坐在台下低着头默默地流泪的小兆……

这是留在我心上五十多年的痛与悔！是的，那是一种剪不断、挥不走的深深的内疚和羞愧。我常常想，那迫使三根叔叔一家最终含泪离开了自己的故土的，是不是也有我的一份罪过呢？假如我当初不去带头呼喊口号，不去高呼那些什么“谁不老实就砸烂谁的狗头”的狗屁口号，那三根叔叔的心里是不是会稍微好受一些呢？小兆的心里是不是也要好受一些呢？

正是我，在善良的三根叔叔流血的心上，又撒了一把盐啊！

五十多年了，不知道三根叔叔一家现在在什么地方，日子过得好不好。我多么想再看看他们啊！一种深深的内疚和永久的愧悔，压在我的心上，岁月愈久，愈是沉重。我有时想，即使三根叔叔和小兆能够原谅我，我也不应该原谅自己啊！

失学的日子

*

正是从那年冬天开始，我学会了认识人生，也明白了该怎样去好好地热爱生活。

一

秋庄稼收拾完了，冬天说来就来了。

我在家乡念完初中二年级的最后一个学期后，从学校回到了村里。村里的人都知道，我已经被温泉中学录取为明年的高中生了。全家人也都很高兴。可是接着就犯愁了：寒假一过，就得要一笔钱交明年的学费。家里当时真是一贫如洗，到哪里去为我凑那份学费呢？

愁了半天，我忽然想到了村里的一个人：每年冬天会到青岛去卖烤地瓜的立槐大叔。

我说："行了，你们都不要愁了！趁着这个寒假，我跟着立槐大叔上青岛去卖烤地瓜去，说不定能挣点钱回来。"

立槐大叔一听，满口答应了："好啊，大叔正缺个帮手，咱们明天就盘炉子。”

三天之后，一架小小的独轮车上，一边放着沉重的铁皮炉子和煤饼，一边放着两麻袋红皮生地瓜，中间搭着两床被子。大叔推着，我套上绳子拉着，天蒙蒙亮，我们就碾着冰碴上路了。

几十里风雪路，我们爷儿俩一上午就走到了。走进青岛市里时，路灯已经亮了。大叔气喘吁吁，我的破棉袄里的小褂也湿透了，头上直冒热气。

那时的青岛可不像现在这么多人，楼房也没有现在这么高。青岛码头那块地方，来往的行人很多，但那里有戴红袖箍的人把守着，我们进不去。我们只好在荣成路的路口卸下车子，支起了炉子。

大叔说：“孩子，今年冬天咱爷儿们就在这屋檐下住下了。这里的干部多，地瓜稀贵。咱们现在就生炉子，省得多冻一宿。明天大清早就能开张。让咱们的烤地瓜味儿把他们馋醒吧！”

大叔让我挨着炉子睡。他披着那床破被蹲在墙角，望着炉子吧嗒吧嗒地抽旱烟。看着他那一闪一闪的烟锅，我在心里说：“老天爷保佑，能让我在这个冬天挣回明年的学费来吧！”

二

第一天，我们大概挣了几毛钱。

第二天，我们又挣了几毛钱。

可别以为卖烤地瓜的钱好挣。立槐大叔掐着指头算过，一个半斤重的地瓜，烤熟了，卖出去，能净赚几分钱就谢天谢地了。哪像现在，一斤烤地瓜就能卖上好几元钱呢!

大叔让我把每天赚得的钱装在贴身口袋里，他说：“可千万不能让那些戴红袖箍的人看见哪。”

离我们的地瓜摊子不远处，有个小饭馆，一到吃饭的时候，里面就飘出炒荤菜的香味。我常常一边咽着口水，一边吹着拍着我们的烤地瓜。大叔把这些都看在了眼里。

有一天，吃晚饭的时候，大叔在鞋帮上磕了磕烟锅，说了声：“孩子，你看着摊子，大叔去买俩馒头回来，咱爷儿俩今天也好好吃它一顿。”

我赶紧拉住大叔的衣角，说：“大叔，咱们还是吃这些卖不出去的小地瓜吧。咱们带的咸菜疙瘩还有哪！把钱留着，我明年还要上学呀！”

“你放心吧，大叔保你明年有学上！”

于是，我们吃到了到青岛后的第一顿饱饭。我一小口一小口地咬着透软的白面馒头说："大叔，人家城里的馒头怎么这么好吃？"

大叔说："谁说不是呢，你往后好好地念书吧，念好了书，就用不着留在村里做庄户孙了。念好了书，将来也做城里人，天天都有白面馒头吃。到那时候，大叔要饭吃要到你小子家门口，你可不要忘了咱爷儿们一块在青岛卖过烤地瓜啊！"

"哪里会呢，大叔。"

我想我当时的神态，一定好像已经成了城里人一样。

三

大叔刚刚说到了"要饭"，竟真的来了要饭的。

这一天，一个穿着破旧衣衫的大婶，一手牵着一个孩子站到了我们的地瓜摊跟前。大婶满脸土灰色，眼睛深陷着，围着一条围脖，看上去挺年轻，也很可怜。

"这位大哥，这位小兄弟，行行好，给孩子俩烤地瓜吧，俺们两天没吃东西了。"

听口音，她是从惠民那边来的。那年头，惠民那地方常闹水灾，要饭的最多。

大叔是个心软的人，二话没说，就从炉膛里吹着拍着拿出几个大地瓜，一个孩子一个，也给了大婶一个：“吃吧，趁热吃。还谢什么哪！咱们不都是在这城里要饭吃吗？孩子他爹呢？”

“唉，叫大水冲走了！撇下俺娘儿仨！大哥，你们真是好人哪！”大婶说着就掉出眼泪来了。

大叔搓着手，不知道该怎么办：“你看看你这位大嫂，见外了不是？说什么呢，怪只怪咱们太穷了！看把这俩孩子饿的！吃吧，吃完了大爷再给你们拿。”

“大哥，您是打哪里出来的？”

“即墨那边，也是穷地方。”

“大哥，您几个孩子啦？都成家了吧？”

我在旁边扑哧一声笑了：“我大叔还没成家哪，一人吃饱了全家不饿……”

大婶赶忙低下头，半刻才说：“俺不知道大哥也是个苦命人……”

立槐大叔好像挺高兴，又问道：“在青岛有什么亲戚可投奔的吗？”

“有个远房的小叔，在这里干零工，还没找到。俺娘儿仨已经打听三四天了！”

“那赶紧再打听打听吧，听说好多干零工的都到四方那一带去了。人生地不熟的，世道又乱，没个落脚的地方可不行。

要是……要是实在找不着……”

“那就再到我们这里来吧，反正还有一些地瓜吃！”我赶紧接过大叔的话茬儿说。

“那敢情好，可就怕连累了你们，俺心里过意不去。大哥，小兄弟，你们在这里一时半会儿不会走吧？”

大叔说：“走？往哪儿走呢？等卖完了这车地瓜再说吧。”

“大哥，要是您……要是您不嫌弃，俺这俩没爹的孩子就认您做干爹吧！来，小宝，小贵，快来给干爹磕头！”大婶说着，就把两个孩子拉了过来。

大叔一点儿准备也没有，又喜又慌地说：“不用磕，不用磕，干爹认了。唉！干爹也穷，没什么给你们，来，再吃两个烤地瓜……”

那大婶对大叔千恩万谢。临走时，她又对大叔说了一句：“大哥，俺看您真是个好心人。如果没有找到小叔，过几天俺再来找您，行不？”

“行呀！当然行！我大叔可是个好人！”我连忙笑着对她说。

望着那娘儿仨依依远去的背影，大叔苦笑着摇摇头说：“你看看你看看，这世道！眨眼就当干爹了……”

四

这天晚上，我和大叔偎着炉子取暖，瑟缩在墙根下。

风很冷，像城里人的脸。街上早就没了行人。一些大红标语纸被风吹刮得满街都是。

大叔睡不着，不停地吧嗒着烟袋锅。

我也睡不着，我在想着白天里的那位大婶。

想着，想着，我笑了："大叔，您这个干爹当得可真容易。我看不如就做他们的亲爹算了！那位大婶不是已经没了男人吗？"

大叔瞅瞅我，又瞅瞅眼前这个冷落的地瓜摊子和身上的一床破被，说："孩子，你还小，哪里知道，就凭你大叔这点家当，行吗？能养活起人吗？"

"怎么不能？难道您真打算一辈子打光棍吗？"

"难哪！你大叔今生恐怕就是光棍的命运了！下辈子再说吧。"

"命运？不，命运是可以改变的！大叔，我在联中读到过一本书，有位叫高尔基的人，人家也像咱们一样，开始也在城里流浪，做工，挣钱，什么苦没有受过？可后来他成了一个大作家、大文豪。文豪您知道吗？他就说过，命运是可以改变的……”

“孩子，就怕咱爷儿们没这个福气哪！”大叔心事重重地望着看不见星星也看不见月亮的夜空说。

五

又是三四天过去了。我们的地瓜已经卖完了一麻袋，我的贴身口袋里，已经有了十来块钱了。大叔说：“照这样下去，不到一个月，咱们就可以再回家拿地瓜来了！”

但这几天里，街上越发乱哄哄的了，不时地看到一辆辆大卡车架着高音喇叭开过去又开过来，大卡车上站着好多全副武装的民兵模样的人，有时还能看见他们押着一些不知道是什么“坏分子”的人开过去。

看得出，立槐大叔这几天总是心神不定的。他不时地瞅着路上来来往往的行人。我猜想，他是在惦记着那位大婶和她的两个孩子。

这天，我见大叔又在四处张望，就说：“大叔，您放心吧，那位大婶不是说过了，不管找着找不着亲戚，都会来的。说不定还会给你这个当干爹的带点好吃好喝的来哪！”

大叔咧嘴笑了，而且还用了一句文词：“你这孩子！萍水相逢，哪能当真呢！”

可是就在这天，我们自己的地瓜摊子也保不住了。

从八大关那边突然开来一辆大卡车，“嘎吱”一声停在了荣成路口。只见车上跳下十来个彪形大汉，个个戴着红袖箍，拿着棒子。还没等我们回过神来，有几个就冲到我们面前了。我吓得腿肚子都要转筋了。

其中一个满脸凶相地吼道：“喂，是谁叫你们在这里卖地瓜的？你们是从哪里来的？有证件吗？”

大叔忙护住我说：“同志，我们可不是坏人。我们是从即墨来的，年年都在这里……”

“从即墨来的？是不是‘地富反坏’？”

“不是，不是。我大叔是大队里的模范社员，是贫农……”我连忙分辩。

“贫农？模范社员？有证明吗？模范社员怎么不在家里好好劳动，跑到城里来搞资本主义？”

“同志，我们没搞资本主义，再说往年也没要什么证明……”

“往年是往年，今年是今年。少啰唆，快滚吧，不准来城里扰乱社会治安，搞破坏活动！”

大叔正准备去拾掇炉子，那人一脚踩断了秤杆，又用力一脚蹬翻了炉子。大叔火了，说了句：“你们怎么这么不讲理，欺负人……”

那人一木棒打了过来：“欺负人？老子还要打坏人呢！八百万蒋匪军都让老子消灭了！快滚，不然就把你们抓起来……”

大叔一听，不敢再说什么，抱起被子，推起车子就走。

我流着泪，说不出话来。

走过荣成路口，大叔狠狠地朝着那帮仗势欺人的家伙骂了一句。

没有了地瓜，也没有了炉子。我们赚到的那十几块钱，因为要留着给我交学费，大叔自然一分也舍不得花。我们只好作离开青岛回家去的打算。

可是大叔还有点儿依依不舍。我们在外面转悠了半天，又转回了荣成路我们摆摊子的地方。那帮人已经走了，地瓜没有了，炉子还在，但已被砸扁了。

我们忍着饿在路口张望了一下午。不用说，立槐大叔是不忍心就这么离开这地方的。他一定还在想着那位大婶和她的孩子。要是她和孩子真的来找我们而又找不到，那她会怎么办呢？上哪儿去打听我们呢？

可又不能不吃饭呀！到了傍晚，立槐大叔自己也饿得难受了，便狠狠地叹口气说：“走吧，孩子，没指望了！好歹总算挣到你明年上学的钱了，也算没白来一趟。”

“那咱们不等那位大婶了？要不这样吧，咱们写个条子贴在墙上，把咱的村名写上，要是她来，看到了，说不定就能找到咱村里去了。”

“这样也好。”

我找了块标语纸，在反面写了这样几句话：“从惠民来的大婶：我和大叔被人撵了，不能在这里等你们。你们来了，真想找我们，就到即墨县某某大队来找吧。卖地瓜的大哥和小弟。”

我从地上拣了半截熟地瓜，把纸条糊在我们睡觉所靠的那面墙上的一个最显眼的地方。

当夜，我和大叔就离开了青岛。过了即墨城，下起大雪来了。

大叔一句话也不说，闷头推着独轮车。

我冻得袖着手跟在后头。空空的夜路上只听见呼啸的西北风在远处吹刮着，还有那嘎吱嘎吱的雪声。这是我们疲惫的脚步踩在雪地上的声音。

雪越下越大，我们的头上身上都落满了雪。我从后面看，立槐大叔好像一天之间苍老了许多。走到后半夜时，远远看见了我们的村庄，像死了一样睡在寒冬的深夜里，没有一星灯火，连一声狗叫都没有。

到了村口的老草垛边，大叔停下来，摸出烟袋点了一锅烟。他说：“孩子，见到家里人就别说在青岛被人撵了的事了，省得乡亲们疑心咱们在外面做了什么丢脸的事。”

我说：“我听您的，大叔，我不会说的。我就说今年的烤地瓜卖不出好价钱来。我把这件事藏在心里吧，我一辈子也忘不了的！”

大叔说：“好好念书吧，念好了书也去做城里人，做一个不欺负乡下人的城里人！”我咬着嘴唇，使劲儿地点点头。

六

我们这次在青岛挣到的十几块钱，立槐大叔一分钱也没要。第二年过了正月十五，我拿这些钱到温泉中学交了一年的学费，开始上高中了。

至于那位大婶，后来也没到我们村里来找过大叔。不知道她是在青岛有了可靠的落脚地，还是到荣成路口去找过我们却没看到那张条子。也许那条子还没等她看见就被风吹落了，也许她根本就不认识字儿。

一直到我念完了高中，离开了家乡，立槐大叔仍然是独身一人。像他这样的光棍，我们村里还有几个。

现在想来，正是从那年冬天开始，我学会了认识人生，也明白了该怎样去好好地热爱生活。

我从此也真正理解了高尔基所说的一段话的意义了："生活条件越是困难，我就觉得自己越发坚强……人是在对周围环境的不断反抗中成长起来的。"

外婆的大海

＊

她说："打你走后，俺就不愿来看海了，眼也花了，看不清海的颜色了。"

外婆，我们那儿叫"姥娘"。姥娘的家在胶东靠近大海的一个小渔村里，离我们家很远。童年时，因为每家的日子都不好过，妈妈很少带我们去姥娘家，只有当新麦子打下来，或者过年的时候，妈妈才会让我们穿上新浆洗好的、每走一步都窸窣作响的衣裳，提着盛满香喷喷的新麦面饽饽的竹篮子，到七沟村去走亲戚。每次去，姥娘总是喜欢得合不拢嘴。

记得那时姥娘家的天井里有一棵挺大的石榴树，我们每年去看姥娘时，她总会笑吟吟地踮着一双小脚，颤巍巍地去摘几个石榴给我们，哪怕是还没熟透呢，她也会毫不犹豫地摘下来，让我们拿着玩耍。那是那些年月里她唯一能做到的。再就是搬个小凳儿，让我们坐在她跟前，看她和舅母们一块儿织渔网。姥娘的梭子穿得真快，看得我们一愣一愣的。临走时，姥娘还会用多色的网绳为我们每人织上一个小网包。背到学校里，同学们见了，个个都很羡慕。

虽然这样，我仍然一直给姥娘留下了一个不好的印象，那就是，一去姥娘家便开始想家。我从小跟着爷爷和奶奶长大，每次去姥娘家时，最怕的就是天快黑下来的时刻。天一擦黑，我就坐立不安，有时会大哭大闹着要回家，谁也阻止不了。春天、秋天里还好说，天黑了，就着大月亮地回去就是。最怕的是春节时去姥娘家，冰天雪地，怎么能够连夜回去呢？但是不行。我会哇哇地哭闹着，让姥娘看着听着揪心啊！这时，无论是多大的风雪，多黑的夜路，舅舅和表哥们就会叹息着连夜送我回家，送我回到小峨村那栋低矮的小屋里的老祖母的身边，仿佛除此之外的任何地方，都不是我的家，都不能留下我。常常，舅舅和表哥们踏着没膝深的大雪，背着我，一步一步地走过几十里的山路把我送到家时，已经听到鸡叫头遍了。

那时候姥娘是又想我去看她，又怕我去看她。记得有一年正月初三，我哭着要回家，姥娘气得流着泪吩咐二舅说："快点把他送走吧，再也不要让他来，俺就是老死了也不用他来看，就当白疼了这个外孙一场吧！"现在想来，我童年时的这种奇怪的"恋家情结"，确实是伤透了姥娘的心了。要知道，那时她已是七十开外的人了。

姥娘年轻时就已守寡。我从来没有见到过姥爷——我的外祖父。但童年时我多次听姥娘讲过大海上的故事。什么海神娘娘啦，刘公公啦，还有八仙过海，等等。我曾经多次在脑海里想象过外祖父的形象。那该是胶州湾一带最强壮的渔村汉子。他们在海边出生，在海上长大，每天迎着东方的日出走向白浪滔天的大海，搏击在惊涛骇浪之上。他们是大海真正的儿子，但是他们和千百年来祖祖辈辈的渔人一样，并不是每天清晨出海后都能够在黄昏时候平安归来的。尤其是在大海变幻无常的季节。

就是在一次谁也不曾料到的突起的海上风暴里，我的外祖父和同船的十来个兄弟一起遇难了！姥娘和其他死难者的家属苦苦地站在海边等了多日，但听见的只有汹涌不止的魔鬼般的风吼海啸声，和一阵阵海鸟的凄厉的鸣叫。她们再也不能看到自己的亲人那缓缓驶近的熟悉的桅杆和帆影了……

可以想象，那些强壮的、从来也不肯向大海低头的汉子们，他们肯定是拼尽了最后的气力，搏斗过、呼喊过、挣扎过。他们甚至在生命的最后一刻，肯定也想象过站在海边的妻儿老小们的祈望着大海的身影。但大海多情而又无情，他们活生生地被吞没了。留下来的，便是几代人的孤苦与怀念，以及对于世世代代在海上劳作、生存和死亡的人们的无尽的启示：激励着他们的后代从海滩上含着泪水站起来，重新抓紧手中的双桨……

童年的想象和记忆是深刻的。当我长大成人之后，我读到了康·帕乌斯托夫斯基的《金蔷薇》。我读到了那矗立在一个古老的渔村旁的、一块巨大的花岗石上的那行古老的碑铭——那也是世世代代与海洋为伴的渔人们亲手刻下的悲壮的墓志：“悼念所有死于海上和将要死于海上的人。”

这行题词是那样的醒目，使每一位自陆地走近大海的人都能够远远地望见它。一位作家从中读出了一种人类顽强精神的悲壮的呼唤。他说：忧伤吗？不，恰恰相反，这行题词对于我们应该有着这样的意义：“悼念所有曾经征服和将要征服这个大海的人。”

当我读到这里，我的眼前一瞬间也闪过了我从没见过面的外祖父的身影。我的全身心为之战栗！我同时想到：多少年来，我白发苍苍的姥娘——以及所有像姥娘一样坚强地活下来的人们，当她们雕像一般站立在苍茫的大海边，面向起伏不息的波涛，而她们的背后，站立着更为年青的一代手握双桨的大海的子嗣……他们，这个面对不幸的命运而永不屈服的群体，是不是我们心中的更为悲壮动人的、活着的纪念碑呢？

我十二岁那年，妈妈早逝，永远不再回来了。我们到姥娘家的机会更少了。姥娘常常托人捎信来，让我们到七沟村去看看她，说她天天惦念着我们兄妹几个，做梦也总是梦见我们这几个没娘的孩子流落到了街头……但那时我正在上学念书，弟弟妹妹又小，我们终于没能去看看姥娘。

后来听一位表哥说，那几年春节，几位大姨家的表哥表妹们都结伴去看姥娘，独不见我们兄妹几人。姥娘常常半夜里坐在村后的海滩上呜咽着，哭诉着我们的母亲不该那么早地离去……

又过了几年，家乡的日子实在过不下去了，我决心要离家出去闯荡几年，便最后一次去看望和辞别了姥娘。自妈妈去世后，姥娘老得更快了，牙齿全部脱落了。她紧紧地拉着我的手说："真的是非走不行了？说走就要走了吗？俺这一辈子怕是再也看不见你们了。"我擦着泪水说："姥娘，你可要使劲儿活啊！我忘不了您常说的那句话，'三辈儿也不应忘了姥娘家'的。等我以后挣了钱，就回来看您，给您养老……"我在一片哭声里辞别了姥娘一家人，踏上了生活逼使着我非走不可的远走异乡的道路。

这一走就是十八年！整整十八年，我为自己的前程而奔走，而与姥娘一家音讯杳杳。但我时时刻刻也没有忘记她老人家。我的心中总是回响着大海和海边的亲人们对我的召唤。尤其是当我孤独、委屈、受到了伤害，或者万家团聚的时刻。

十七岁那年，我正在江南岸边的一座小城里念大学。那时候我已经无法知道我的姥娘是否还活在这个艰辛的人间了。临放寒假前，我一度想过要回胶东一趟，去看看老家仅有的亲人们。但是，清苦贫寒的生活境遇，终使我无法弄到一笔可以充当数千里路程的车船费用，最后不得不又一次打消了回故乡的念头。同学们一个个整装回家了，我却独自留了下来。

那一年的冬天，是江南最寒冷的冬天。“爆竹一声乡梦破，残灯永夜客愁新。”当除夕的鞭炮此起彼伏地响起的时候，我坐在空荡荡的凄冷的宿舍里，紧紧地裹着从家乡穿出来的一件旧大衣，听着窗外呼呼的风雪声，我的脸上流淌着思乡的热泪……

那几天，我从早到晚沉浸在对于姥娘和家乡的亲人的思念之中。我回想着我的短暂而艰辛的童年时光，回想着在姥娘身边度过的些许的日子。

我想到了她的苍老而慈祥的脸，一双颤巍巍的小脚，和她那已经掉光了牙齿，吃饭多有不便，因而总是紧抿着嘴唇咀嚼食物的样子。我也想起了她满头的白发，拄着拐棍儿站在村边的玉米地旁，朝着海滩呼唤我回去加衣裳的声音。想起了在我妈妈病重的日子里，有一天，她冒着大风雪，让舅舅用手推车推着她来到我们村，最后地看了一眼自己的亲闺女。当姥娘和妈妈抱头痛哭的时候，我站在一边也放声号哭……

我还想到了在那贫穷饥饿的日子里，有一天，妈妈让我到姥娘家去借一点白面，为了招待派饭派到我家的王老师。那一次，姥娘还从包了好几层的一个小手绢包里，拿出了她不知道积攒了多少日子的两毛零几分钱，让我路过皋玉镇时，为自己买一本我渴求已久的大字方格本……

我一边回想着这些情景，一边默默地流淌着泪水。怀念姥娘的恩情使我的心灵焦灼难安！我枯坐在雪花飞舞的窗前，默默地做着千次百次的祈求："姥娘，愿您仍然活在这个世上，活在家乡，等着我能够回到您的身边的那一天啊！"

"没有天哪有地，没有地哪有家，没有家哪有你，没有你哪有我……"我还想到了当时非常喜欢的一首伤感、朴素而又充满真情的歌。

1990 年夏天，我终于能够回到离别了十几年的家乡了。我凭着童年的记忆寻找着，用不太习惯的乡音打听着，终于走进了魂牵梦萦的七沟村时，许多人已经不知道我是谁了。我向一位年老的人说出了我的乳名儿，老人默默地想了半天，突然跳了起来："老天爷哪，你是崔家老嫂子的外孙！你还知道回来呀！你可把你姥娘想死了！”

姥娘快九十岁了，她真的是老了，头发全白了，而且那么稀疏；眼神儿已经不好使了，但还能依稀认出我的模样。当她摸索着、端详了半天，认定了是我之后，她用手捶打着我，摇晃着我，泣不成声了。她紧紧地抓着我的手不放松，我扑通一声跪在地上说：“姥娘，您打我吧，狠狠地打我吧，我这十几年来，多想挨您一次打啊！我不是姥娘的好外孙……”

但姥娘终究是姥娘。哭过怨过之后，她更扯着我的手不放了。她是怕我又会匆匆地离开她。我说：“姥娘，这次我跑不了了，您放开手吧。小时候的好多事儿我都忘了，可有一件我还没忘，那就是我每次想家、哭着要回家时，都会气得姥娘骂我是‘一条养不熟的狗’。今天您就是拿拐棍赶我走，我也不走了！”

姥娘很费力地听明白了我的意思后，竟咧着早就没了牙齿的嘴儿，像小孩子似的笑了：“真的不想家？不走了？愿意和姥娘住在一块儿？”她好像还不放心。我说：“我没有家了，姥娘的家就是我的家！……”

在故乡的日子里，我尽量每时每刻都和姥娘待在一起。白天，我搀着她老人家到海滩上去走走。她说：“打你走后，俺就不愿来看海了，眼也花了，看不清海的颜色了。”姥娘的拐棍不住地点着海岸上的沙砾，那真是“留下脚印两对半”了。除了看海，姥娘还让我搀着她，挨家挨户去看望那些小时候曾经给过我好处的村里的老人和小伙伴。看得出，姥娘在人们的一片唏嘘声中，又是伤感又是高兴。她用她九十岁的年纪，赢得了整个七沟村的老老少少的尊重，同时好像也宣布了她的胜利：她终于盼回了自己苦命的又争气的外孙子。

晚上，我就和姥娘一起睡在她的土炕上。前半宿我陪她说了好多好多话后，她便不知不觉地睡着了。我睡不着，一会儿看看书，一会儿又看看像孩子似的张着嘴睡得正沉的姥娘。到了后半宿，我睡着了，姥娘又醒了。她一会儿为我掖掖蚊帐，一会儿为我打打蒲扇，轻轻地好像还在哼着歌谣。我装着还没睡醒的样子，仔细地分辨着她的若有若无的声音。听着，听着，我想起来了，她唱的是我小时候听她唱过的那首童谣《扯大锯》：“扯大锯，拉大旗。姥娘家，唱大戏。姥娘不给俺饭吃，够个鸦鹊蛋吃。烧也烧不烂，煮也煮不烂，急得个小孩儿一头汗……”

姥娘唱着，唱着，便流出了老泪。泪水滴在了我脸上。我连忙坐起来，安慰她说：“姥娘，您刚才唱的歌我听到了，您唱得跟我小时候记得的一模一样。”姥娘说：“唉！俺这是欢喜哪！俺才睡下，就迷迷糊糊地做起了梦，又梦见了你那没福气的娘，俺那短命的闺女啊！她咋就年纪轻轻地撇下几个孩子走了呢？要是她能活着，能看见你们都长大了，那该有多欢喜哪……都是命哪！该死的不死，不该死的偏偏早死，让俺活这么把年纪做什么呢！……”

我说：“姥娘，您看您说哪儿去了？依我看哪，您还得继续活，活到一百岁，不，活到长生不老，好让我把离开您的那些年月补回来，您说好不好呢？”

“好倒是好，可俺明白哪！俺寻思着，您们公家上的人，都是忙呀忙的，再说你回来一趟，好几千里地，得多少路费呀！姥娘是早该入土的人了，说不定明后天两眼一闭，就什么也不知道了。你这次回来了，让俺看上了这么多天，俺死了也就省心了。俺寻思着，你哪会整天待在姥娘身边呢？还是少回来的好。等俺哪天入了土，你们回来哭一回姥娘，俺也就心满意足了……你说，姥娘这话说得好不好？”

“好！好！”我噙着泪水望着将近九十岁的老人说，“姥娘，您真好啊！”

我在家乡仅仅住了两个星期，便不得不离开她，继续去为自己的事业奔波了。我不忍心明明白白地告诉姥娘，说我又要去那天南地北了。我只是说，等我到青岛开完了一段时间的会，我还会折回来，以后争取把安在江南的家，搬到姥娘的身边。

但姥娘心里是明白的，明白我此去便说不定啥时候还能回来，兴许就此一别便再也看不见了。所以在我临走的前三天，她就开始悄悄地为我准备路上吃的东西。她半夜里为我炒了一大方花生糖，整整齐齐地摆好了，放在屋檐下晾着。她说：“记得你小时候最喜欢吃的就是这炒熟的花生糖。可那年月姥娘穷啊，想做也做不出来。让你们都受委屈了……”

临走的那天早晨，她又为我煮了二十多个鸡蛋，让我带着路上好吃。我推辞说：“姥娘，我有半天就到青岛了，一到青岛就有人招待了，保证饿不着的，鸡蛋还是留着姥娘自己吃吧！”但姥娘却不依了，不容分说地一边往我包里头装，一边数落着我：“你兴许忘了，有一年你到姥娘家来，一进门就说，姥娘，快给点吃的吧，俺快饿死了！可姥娘那时候什么也没有哪！好歹找来了几个地豆，给你煮了，你狼吞虎咽地吃着，小腮帮子一鼓一鼓地说，姥娘，您煮的地豆真香真甜呀！……你倒是想想看，还记得这档子事不记得？”

我望着姥娘弯曲的脊背、稀疏的白发，和正在不停地为我收拾着行李的颤巍巍的双手，哽咽着说：“记得！记得！姥娘，我今生今世永远也忘不了的！”

就这样，在一个清晨，我又一次告别了家乡，告别了我的近九十岁的外婆，也告别了外婆的大海，向着那正在等待着我的、我将永远难以走完的路途上走去。我知道，很有可能，在又一段较长的时间内，我将不能同我亲爱的外婆相见了。“自古忠孝难两全”，我在离开年老的外婆时，突然想到了这句古人的名言。

姥娘一直把我送到村口。我走了很远了，还依稀看见她被舅舅搀扶着，还在依依地向我挥手。我知道，外婆是在说：“好好往前走吧，孩子，不要惦记着姥娘了。”

这么快就开始怀旧了

*

怀旧也是一种对过去的感恩。

《楚天都市报》记者：时下流行的《老男孩》是“筷子兄弟”组合拍摄的、记录“70后”一代青春成长历程的视频短片，不少看过的人坦言泪流满面，尤其是男生更容易引起共鸣。请问您看过吗？如果看过，有何评价？如果没看过，能谈谈在您的青春岁月里，有哪些最值得怀旧的小细节吗？

答：很抱歉，我暂时还没有看过这个短片。我想，我们这些生于1960年代人的怀旧，与“70后”一代并不完全一致。刘欢出过一张碟，名字就叫《六十年代生人》；梦鸽也录过一张碟，演唱的都是创作于20世纪70年代的电影歌曲和流行歌曲，还有崔永元拍的那个老电影系列，这才是属于我们这代人的怀旧。样板戏、阿尔巴尼亚和朝鲜电影、贫穷而淳朴的乡村小学、谷场上的露天电影、各种题材的“小人书”、新闻简报纪录片、寒冷冬夜里半军事化的长途行军拉练、在乡村简易的戏台上为贫下中农表演节目……所有这些，都能引起我无限的怀念。

《楚天都市报》记者：人是越老越容易怀旧吗？还是在身处逆境的时候，更容易怀旧？或者，怀旧也是一种跟风？对此，您怎么看？哪些情况下，您的怀旧情结会被触动？

答：怀旧，当然不应该成为一种跟风，而是个人心灵的一种需求、一种情感上的释放。我自己的感觉是我无法适应今天的生活潮流、生活节奏、价值观念、人际关系等等，我觉得还是过去的少年时代、青春时光比较单纯、比较真诚，人与人之间容易相处。因此，我的怀旧情结，往往是被今天的生活带给我的焦虑、压抑、困惑不安而引发的。

《楚天都市报》记者：您一般会以什么样的方式去怀旧？有没有特别的怀旧地点、怀旧途径？

答：我觉得我是一个十分“念旧”的人。我喜欢保存过去的日子里留下的一些东西：旧书、书信、日记本、笔记本、手稿，甚至一些不经意留下的小纸片、老照片，等等。这些东西只要一看到，就会引起我对过去的回忆和感念。我喜欢用翻看这些旧书和陈年字纸的方式去“怀旧”。我也喜欢不厌其烦地观看童年和少年时代看过的老版黑白电影，听那百听不厌的“样板戏”。

对我来说，最好的“怀旧地点”是回到乡村和田野上。我喜欢在周日独自穿过城市到空旷的郊外，去踩一踩松软的泥土，呼吸一下田野的气息，看看那些野草和野花，当然，如果能够看到一些熟悉的农作物，那就更好了。

《楚天都市报》记者：怀旧的人应该是可爱的，但若是过分怀旧，可能也会与今天快速发展的社会格格不入。总体说来，您对“怀旧”这一情结有何看法？您认为，应该怎样拿捏好“怀旧”的分寸呢？请用简短的一两句话，来总结您关于“怀旧”的观点。

答：怀旧也是一种对过去的感恩。在我们每个人的记忆里，都会有过许多小小的、明亮的瓜灯和小橘灯，给过我们温暖、光明和幻想。我相信，对生活，对我们周围一切的诗意的理解，将是童年和少年时代留给一个人的最伟大的馈赠。一个人如果在后来漫长和艰辛的岁月中没有失去这个馈赠，那他就有可能成为一位富有高尚的心灵、懂得珍惜和热爱人生的人。小时候一点一滴的美好记忆，小时候所感知的小小的温暖和快乐，都会成为我们成年后的热情、信心和力量的源泉。所谓“最好的时光”，其实就是那种永不回返的“幸福感”，有时候，并不是因为它有多么美好而让我们眷念不休，而是倒过来，正因为它是永恒的失落，我们于是只能用“怀念”来召唤它，它也因此变得更加美好，更加让人难以忘怀。有怀念，才有感恩的心，才能学会热爱。